中外机智人物故事大观丛书

国王有四条腿

中国西北少数名族
机智人物故事选

祁连休　冯志华　编选

河北出版传媒集团　河北教育出版社

图书在版编目（CIP）数据

国王有四条腿 ：中国西北少数民族机智人物故事选 / 祁连休，冯志华编选. -- 石家庄 ：河北教育出版社，2014.6
（中外机智人物故事大观丛书）
ISBN 978-7-5545-1208-1

Ⅰ. ①国… Ⅱ. ①祁… ②冯… Ⅲ. ①民间故事－作品集－中国 Ⅳ. ①I277.3

中国版本图书馆CIP数据核字(2014)第128291号

书　　名　**国王有四条腿**
——中国西北少数民族机智人物故事选
作　　者　祁连休　冯志华
策　　划　郝建国
责任编辑　刘书芳
装帧设计　慈立群
出版发行　河北出版传媒集团
河北教育出版社　http://www.hbep.com
（石家庄市联盟路705号，050061）
印　　制　山东临沂新华印刷物流集团有限责任公司
开　　本　787mm×1092mm　1/16
印　　张　12.75
字　　数　188千字
版　　次　2014年7月第1版
印　　次　2014年7月第1次印刷
书　　号　ISBN 978-7-5545-1208-1
定　　价　25.50元

前　言

机智人物故事是世界各国民间故事中一个颇为引人注目的门类。这一门类的民间故事，是由一个特定的富有智慧的故事主人公贯穿起来的故事群的总称。这些故事群的主人公，有的有生活原型，有的并无生活原型，而是出自艺术虚构；有的属于劳动者型，包括奴隶型、农奴型、农夫型、村姑型、牧民型、渔民型、雇工型、仆役型、工匠型、矿工型、游民型等，有的属于非劳动者型，包括官吏型、文人型、才媛型、讼师型、艺人型、衙役型等。无论属于何种类型，这些故事群的主人公都机捷多谋，诙谐善谑，敢于傲视权贵，常以机智的手段调侃、播弄、惩治邪恶势力，扶危济困，并且嘲讽各种愚昧落后的现象，为民众津津乐道。这一类人物形象，往往在一个地区、一个民族、一个国家广为人知，成为民众心目中“智慧的化身”；有的甚至在全球传播，被誉为民间文学中的“世界的形象”。各国各民族的机智人物故事，尽管内容比较庞杂，瑕瑜并存，但大多数作品是积极的、健康的。它们大都以写实手法再现社会生活，富有喜剧色彩，蕴含着人民群众的幽默感，洋溢着笑的乐趣，具有一定的社会意义和美学价值。

中国的机智人物故事源远流长，蕴藏极其丰富。早在两千多年前的春秋时期，就出现过晏子这样的著名机智人物。晏子的趣闻逸事，至今仍然让人感到饶有兴味。此后的各个时期，也有不少机智人物故事流传。到了现当代，中国的机智人物故事更是层出不穷，迄今已在汉族和四十多个少数民族中发现了九百五六十个机智人物故事群。这些机智人物故事群，少则十数篇、数十篇，多则一二百篇、三四百篇，其中不乏影响较大的故事主人公，不乏精彩的、耐人寻味的篇什。从历史渊源的久远，从作品的数量和质量，从故事主人公艺术形象及其广泛的代表性诸方面来考察和衡量，中国的机智人物故事在世界范围内是不多见的。

除了中国以外，机智人物故事在亚洲、欧洲、非洲、美洲等地亦有流传。就地区而言，以亚洲较为突出；就国家而言，以土耳其、伊朗、阿富汗、印度、印度尼西亚、泰国、哈萨克斯坦、蒙古、日本、朝鲜、德国、保加利亚、罗马尼亚较为突出；就机智人物形象而言，以阿拉伯的朱哈、阿布·纳瓦斯，土耳其、伊朗、阿富汗和中亚细亚的霍加·纳斯列丁（毛拉·纳斯尔丁、纳斯尔丁·阿凡提），印度的比尔巴，印度尼西亚的卡巴延，泰国的西特诺猜，哈萨克斯坦的阿尔达尔·科塞，蒙古的巴岱、日本的吉四六，朝鲜的金先达，德国的厄伦史皮格尔，保加利亚的希特尔·彼得，罗马尼亚的帕卡拉等较为突出。

我们编选的“中外机智人物故事大观丛书”，旨在全面介绍世界各国的机智人物故事，借以引起读者对这一类民间故事的兴趣。此套丛书共有十册：《捉弄和珅——中国古代机智人物故事选》《奇怪的家具——中国汉族劳动者机智人物故事选》《智斗太守——中国汉族文人机智人物故事选》《反穿朝服见皇上——中国汉族官宦、讼师机智人物故事选》《国王有四条腿——中国西北少数民族机智人物故事选》《佛爷偷糌粑——中国东北、西南少数民族机智人物故事选》《巧审“大善人”——中国云贵川少数民族机智人物故事选》《教国王的黄牛诵经——中近东、北非机智人物故事选》《巧断珍宝失窃案——亚洲机智人物故事选》《教皇中计——欧洲、美洲机智人物故事选》。本书即其中的一册。

倘若读者通过本书，通过这一套“中外机智人物故事大观丛书”，能够增进对于古今中外机智人物故事的了解，并且从中获得艺术欣赏的乐趣，我们将感到无比欣慰。

编　者

2012 年冬于北京

目　录

阿卜杜的故事 / 1

河干了 / 1

挖金子 / 2

洗坷垃 / 3

请罪 / 3

掌柜子真好 / 4

赛里买的故事 / 6

巧答 / 6

问路 / 8

四件“宝”/ 9

应考 / 10

女掌柜 / 12

依玛目的故事 / 15

审石头 / 15

验尸 / 17

审母鸡 / 19

老驴识途 / 21

伊斯哈的故事 / 22

捉弄县官 / 22

借车轴 / 23

掌柜的赔驴 / 25

智惩买亚衣开 / 26

阿凡提的故事 / 29

王袍 / 29

国王的生肖 / 30

两头驴的东西 / 30

国王有四条腿 / 31

毛驴总督 / 31

金钱和正义 / 31

察狱 / 32

再也难不倒他 / 32

寻找智慧 / 33

避雨奇遇 / 34

种金子 / 35

阿凡提和国王 / 37

真的没有了 / 39

庄稼汉的力量 / 39

“好极啦!”/ 40

国王的灵魂 / 40

城里的疯子 / 41

驴叫得好听 / 42

千里马 / 42

当了官瞎了眼 / 43
县官和狗 / 43
戏弄县官 / 44
胡大的嘱咐 / 45
奇怪的商队 / 45
伯克坐船 / 46
它骂你也是一只狼 / 47
早死了好 / 47
胡大是放高利贷的 / 48
真不像话 / 48
让胡大赐给你 / 49
“等等”留给丈夫 / 49
送到地狱 / 50
胡大也有难处 / 50
喀孜的祈祷 / 51
喀孜的亲戚 / 51
威胁 / 51
取名 / 52
请捎上我的长袍 / 52
还要外套干什么 / 53
给大阿訇理发 / 54
智慧 / 54
别找死 / 55
领我去见胡大吧 / 55
知道 / 56
洒油扫院 / 56
谁的嘴馋 / 57
“至理名言” / 57
锅生儿 / 58
报复 / 60
拆我的那一层 / 61
巴依作驴 / 62
没写字的贺信 / 63
世界末日 / 64
没钱的人说话不顶用 / 64
阿凡提的期望 / 64
我把羊还给巴依 / 65
送请帖 / 65
说话之间 / 66
您要承认上了当 / 66
算鸡账 / 67
上次给过了 / 69
别渴着它了 / 70
请衣裳吃 / 70
剃头 / 71
什么声音最好听 / 71
毒药 / 72
吃过饭再来等 / 72
鹅汤 / 73
散蓝 / 73
兔汤 / 73
请您自便 / 74
褡裢 / 75
本意 / 75
猫哪里去啦 / 75
买油 / 76

麦西热甫的故事 / 78
大惊小怪 / 78
翻了十七个滚儿 / 79
拿经文抽烟 / 79
你父亲是吃谁的粪死的 / 80
名叫胡大板尔迪 / 80
怕小偷偷去 / 81
净洁的与不净洁的 / 82
处以极刑 / 82
把地狱门挡住 / 83
在宝座上拉屎 / 83
破坏建筑物 / 83
狗也不吃 / 84
毛拉·则丁的故事 / 86
无赖 / 86
惩罚与回敬 / 87
打柴 / 88
由巴依老爷背过去 / 88
回到水里去了 / 89
再死一次 / 89
毛拉·则丁的小姑娘 / 90
大锅 / 91
赛来依·恰堪的故事 / 92
祈祷 / 92
斜眼 / 93
把别的事也顺便一起办了 / 94
让它看看你的尊容 / 94
奇迹 / 95
陷阱 / 95
我患了受惊病 / 96
丢脸 / 97
我要早知道的话 / 98
“引火的” / 99
送他一根拐杖/ 99
有酸奶子吗 / 100
两张画像 / 101
在赴婚礼的路上 / 101
套车 / 102
拆店 / 102
肉孜·喀尔的故事 / 104
为了怜悯你 / 104
眼花缭乱 / 105
比狗还凶恶 / 105
念哪一段经文 / 106
娃娃家没有腰 / 106
兵乱 / 107
这是蒸包子吃的南瓜 / 107
自找麻烦 / 108
过错在毛拉 / 108
塔特里克·卡萨的故事 / 110
伯克下饭馆 / 110
一具驴鞍垫 / 111
祭祷巴依 / 112
揍县官 / 113
狗的席位 / 114

阿勒达尔·阔赛的故事 / 115
巧夺宝马 / 115
到财主家里做客 / 117
高利贷商人的四十头犍牛 / 119
母马掉驹 / 121
赢了汗六千金币 / 122
骑魔鬼 / 123
霍加·纳斯尔的故事 / 126
做梦 / 126
谁是笨蛋 / 128
可汗的身价 / 128
谁比可汗的力量大 / 129
霍加·纳斯尔和可汗 / 129
吉林谢的故事 / 131
选妻 / 131
阿卡西别特 / 133
活着进天堂 / 134
往下长 / 134
艾德干的故事 / 136
黄肤人的创作 / 136
游手好闲的小伙子 / 137
奎里买司汗 / 138
巴塔 / 139
赛尔克巴依的故事 / 140
狗的父亲 / 140
做客 / 141
麻烦你了 / 141
改邪归正 / 142
玉斯哈的故事 / 143
打“饿虫”/ 143
怜悯 / 144
撒谎 / 145
打骡子 / 147
进面馆 / 148
揩油 / 150
愁肠 / 151
玛纳坎的故事 / 154
斗智 / 154
你去问问狗吧 / 155
我愿选学“休息”课 / 155
请你再付五个铜币 / 156
霍托的故事 / 157
借肉吃 / 157
朱元布 / 158
心里有数 / 159
坐飞车 / 160
幸亏没落到我头上 / 160
让马学章京 / 162
泼油汤 / 162
熟石皮 / 163
打虎 / 164
阿凡提的故事 / 166
国王的同胞 / 166
哈兰喀孜的袷袢 / 167
从天上掉下来的礼物 / 167
去问问你的钱吧 / 170

叫门 / 171
请求胡大 / 171
味儿咋办 / 171
观赏弯月 / 172
偷去了也打不开 / 172
幸亏掉下来的是核桃 / 173
由于你老啦 / 173
嘴硬的老牛 / 174
具体的答复 / 174
最爱哪一个 / 175
遵命照办 / 175
打架 / 176
考阿凡提 / 176
解梦 / 176
阿尔达尔·考沙的故事 / 178
第一个故事　塔顶上的地 / 178
第二个故事　宝豆 / 180
第三个故事　在失去的财富中 / 181
第四个故事　受了骗的大阿訇 / 184
第五个故事　洁净的财物 / 185
第六个故事　魔鬼的故事 / 186
木拉的故事 / 191
“神衣” / 191
巧娶媳妇 / 194

阿卜杜的故事

（回族）

阿卜杜，一作阿布都，是回族的一位劳动者型机智人物。他的故事在宁夏、青海一带的回族聚居区广为流布。

河　干　了

阿卜杜虽然很穷，但生性快活，爱说笑话，最爱跟富人斗心眼。所以有钱人都说他爱撒谎，叫他谎溜子。

有一天，阿卜杜匆匆忙忙地从地里往家走。阿尤布正清闲地站在门口观风景，他拦着阿卜杜说："别人说你爱撒谎，我偏不信你的谎话。"

阿卜杜笑呵呵地说："平时是闹笑话，今天咋敢在您老人家面前撒谎开玩笑呢。再说，我现在还有要紧的事呢，不能陪您开心。"

阿尤布忙问："啥要紧事？"

阿卜杜声音压得低低地说："不瞒您说，昨天夜里，东边的小河突然干了，这么长的大鲤鱼在河槽里直蹦呢。那些放牛的娃娃们在河沟里正逮得欢呢。这不，我得赶紧回家去，找装鱼的家什。"说完，急急忙忙地赶回家去。阿尤布听说河干了，觉得是千载难逢的好机会。他找了两个家人随后，盛鱼的大筐、小筐拿了不少，自己骑着马抢先往河边赶。等他赶到河边一看，满盈盈的河水，照旧打着旋涡往下流。放牛的娃娃们，一丝不挂地在河水里打扑通，哪里是在逮鱼？阿尤布气得鼻窍生烟，打马往回赶，要找阿卜杜算账。

挖 金 子

“好啊，阿卜杜！你竟敢欺骗到我的头上来了。”阿尤布气呼呼地来找阿卜杜扯皮。阿卜杜正满头大汗地在屋后挖坑呢。

“哎呀，尊敬的掌学。”阿卜杜笑嘻嘻地说，“我看您老在门口待得无聊，骑上马到河边溜一圈，不是很开心嘛。”

阿尤布骑在马上，知道是上了阿卜杜的当，气得要命。他又打赌地说：“阿卜杜，你现在能把我从马上骗下来，我宁愿把这匹马输给你。”

阿卜杜擦了擦头上的汗说：“哎呀，刚才是让您到河边散散心，哪敢再跟您开玩笑呢？这匹马是您的‘宝座’，怎敢用它来打赌。”说完，又自顾自地猛劲挖土。阿尤布感到奇怪，问他说：“你在挖什么呢？”起先，阿卜杜吞吞吐吐地不肯说，后来才悄悄地说：“昨天夜里，去世的爷爷给我托梦，说是我家屋后西南角，地下三尺，埋着先人留下的一块金子。这不，我正找呢！”

阿尤布一听说有金子，哧溜一下爬下马，接过阿卜杜手中的锹就挖起来。嘴里说：“啊哟，看把你累的，我来帮你挖，挖出来咱们平分。”阿卜杜说：“就一把锹，太慢，我到地里再拿一把。”阿尤布讨好地说：“骑上我的马，快去快来。”

阿卜杜打马跑去，阿尤布不要命地猛挖着。挖呀挖，挖了半天，不见金子的面，挖呀挖，挖到日头西沉，还不见阿卜杜的影子。阿尤布累坏了，他忽然想到：是不是又上了阿卜杜的当。

阿卜杜终于悠闲自在地回来了。阿尤布跳起来问他，把马弄哪去了？阿卜杜不紧不慢地说：“您不是说，把您骗下马，马就归我吗？您老说话要算数呀，那匹马归了我，我把它拉到集市上卖了。”

阿尤布一听，气得目瞪口呆，差一点儿就栽倒在地上。

洗 坷 垃

财主指派给阿卜杜一天的活计，阿卜杜拼着力气头晌就干完了。他想在后晌好好歇缓一阵子。但是财主一看到长工们闲缓，心里就难受。再加上财主特别痛恨这调皮的阿卜杜，存心跟他过不去，想整治整治他。财主抱来一块土坷垃对阿卜杜说："吃着我的饭，拿着我的钱，哪有闲着的道理。你后晌没事，就把这块土坷垃用手沾水给我洗干净，要让它上面没土为止。"

阿卜杜没吭气，接过土坷垃说："也真是，这块土坷垃怎么尽是土。这样吧，先把它扔在水里泡泡。"扑通一声把坷垃扔进水里。财主说："胡闹，我让你抱在手里慢慢洗呀。"阿卜杜说："泡一泡，洗得干净。不信，待一会儿请你自己捞上来看吧。"说完到长工房里睡觉去了。

财主气得干瞪眼。

以上三则金万忠搜集整理

流传地区：宁夏

请 罪

阿卜杜是个吃了上顿没下顿的穷人，又是个不识经文的瞎汉。他因为成天忙于找吃喝，所以废了五功①，庄子上尕寺里的阿訇②很不喜欢他。昨天轮到他供帮③阿訇，他送去的三顿饭又都是杂面馍馍淡清茶，阿訇就更恼火了。

今天，阿卜杜搁下活计去做主麻，一进尕寺门就遇到了阿訇黑风一样

① 五功：伊斯兰教五项基本功课：念、拜、斋、课、朝。

② 阿訇（hōng 哄）：伊斯兰教宗教职业者的通称。

③ 供帮：轮流供阿訇吃饭。

的脸。

“阿卜杜，你犯了教规了。你知道吗?”

“我知道！尊敬的阿訇。昨晚良心和依玛尼启发我学会了一段赎罪经文，请听我念吧。”阿卜杜说着走向大殿一跪，虔诚地祈祷起来：

进去尕寺朝西一跪，
安拉乎塔尔俩[1]饶罪！
一来我什么也不会，
二来我和阿訇不对[2]。

围观的教民听着，忍不住都哈哈笑了起来。

掌柜子真好

阿卜杜听人说城里能挣钱，就背了半褡裢炒面进城了。可是来到城里穿街走巷，转了大半天，连个铜板的影子也没见。他拖着步子走着，忽然一阵扑鼻的油香味惹得他肚子里咕咕直叫。

原来这里有个馆子。伙计正把一个个黄铮铮、香喷喷的糖油糕，从翻滚的大油锅里捞出来，然后端到顾客面前。

“原来顿亚上还有这么好的福气啊？我为啥不去享享呢?”阿卜杜想着走进馆子。

一个满面笑容的伙计立即上前，热情地招呼说：“乡里的阿卜杜来着哩！一碟子还是半碟子?”

阿卜杜回答：“师傅，我吃头小，只吃一个。”伙计答应着，用个小碟端来一个糖油糕，阿卜杜用手一抓，慢慢地品起味来。

---

① 安拉乎塔尔俩：阿拉伯语，崇高而清净的主。

② 不对：指关系不好。

这时，掌柜子来了。他见阿卜杜的那样子，很生气地说：“阿卜杜，凉粉不吃，板凳腾下啊！”

阿卜杜站起来，装出一副愚蠢而可怜的样子说：“尊敬的掌柜子，安拉相助你。你的糖油糕真香啊，可是我再没有钱吃了，你能不能给我一点儿糖油糕的汤尝尝？”

掌柜子一听哈哈大笑，竟答应了。他想，我今天让滚烫的油，来治治这个乡棒[①]的馋病。

“喝吧，阿卜杜。”伙计奉命把半碗滚烫的熟油，端到阿卜杜手里，掌柜子和所有在这里吃点心的城里顾客，都围上来看热闹。

阿卜杜一面连声说：“掌柜子真好，安拉一定会相助你发大财。”一面不慌不忙地打开褡裢，取出炒面，和着热腾腾、香喷喷的熟油，拌匀以后，便大口大口地吃起来。

以上两则朱刚搜集整理

流传地区：青海

① 乡棒：对乡下人的蔑称。

赛里买的故事

（回族）

赛里买是一位回族的女性机智人物。她的故事流传于宁夏固原、同心、泾源、吴忠、西吉等地，很受群众喜爱。

巧　答

赛里买的男人结识了一个有钱汉，名叫古拜儿。古拜儿有个怪脾性，就是老想强过别人。见别人家养个鸡，他就养一群鸡；见别人盖间房子，他就想法盖四五间房子。

有一天，古拜儿对赛里买男人说："听说你的妻子聪明贤惠，心灵手巧，能说会道。我想登门拜访一下。"赛里买男人说："承你看得起，能到寒家来，我们很高兴。明天我来叫你。"

赛里买的男人回家把古拜儿的来意和脾性给妻子说了一遍。赛里买说："行，你明天去叫他。我把家里收拾一下。"

第二天晌午，古拜儿和赛里买的男人一起来了。他俩走到大门口一看，门闩着，院子里的狗汪汪地直叫唤。赛里买的男人喊道："开门来哎——"

"忙着哩，先等一等。"赛里买边梳头边回答。

"忙着干啥？"

“篦发着哩。”

古拜儿在旁一听，嗯，真有才学。明明是梳头，却说是篦发，又雅又妙。一会儿，赛里买把头梳好了，开开大门，把客人让进了门。

古拜儿到院子里，这儿瞅瞅，那儿瞧瞧，指着堂房说：“这房子盖得真好呀!”

赛里买说：“这都是大家的帮凑。”

古拜儿一听，哎呀，这话说得多好听！他走进屋里一看，赛里买的儿子，胖墩墩的，嘴甜舌巧。古拜儿抱起说：“你儿子真乖呀!”

塞里买接上说：“这都是老先人的积修。”

古拜儿听罢，暗暗称赞，果然名不虚传，我回去一定给妻子教一教。

他吃罢饭，便对赛里买的男人说：“你明天上午到我家来坐呀，我来叫你。”赛里买的男人也没推辞，就答应了。

古拜儿要强过别人，回去便给妻子说：“人家赛里买真是聪明超众呀！我们到了大门口，她正梳头，问忙啥呀，人家说是篦发。我说她家房子盖得真好，人家说是大家的帮凑。我说她儿子真乖，人家又说是老先人的积修。可会说话着哩。你以后也把这一套学下，还要比她强一些，家里来个人了，好撑个面子吵。”

妻子听罢说：“这么几句话谁还不会说。她这个穷光蛋会说，我也能说。”

男人听罢也在想，对，得给赛里买的男人露一手，让他看看我妻子的聪明。第二天，他请赛里买的丈夫去了。

古拜儿走后，他妻子把大门闩上，颠三倒四地把那几句话，吃饭也背、走路也背、梳头也背，生怕忘掉。过了老大工夫，古拜儿和赛里买的男人来了。古拜儿一看大门闩着，就放开嗓子喊：“开门来哎——”妻子一听男人在大喊，就答应说：“忙着哩。”

“忙着干啥着哩?”古拜儿问。

古拜儿的妻子心里一慌把“篦发”二字忘了，想了半天说：“劈叉着哩。”

赛里买的男人一怔说：“你妻子练功着哩？”

古拜儿一听妻子笨头笨脑地胡说，就支吾了一下：“嗯，嗯！”这时，大门“咯吱”一声拉开了，赛里买的男人和古拜儿进屋了。

赛里买的男人进屋一看，五间瓦房，木料整齐，美观大方。就对古拜儿妻子说：“这房子盖得真好！”

古拜儿妻子慌忙答道：“这是老人的积修呵！”赛里买的男人一听，这女人简直不会说话。古拜儿这时眼睛斜盯着妻子，像是要喷出火来。

赛里买的男人正坐着，古拜儿的小儿子跑进来了。赛里买的男人抱起他，亲了一下说：“你儿子真乖呀！”

古拜儿妻子马上接着说：“这都是大家的帮凑呵！”

赛里买的男人忍不住失声大笑，古拜儿羞得连头也不敢抬。

从此以后，古拜儿再也不和别人比高低，也不敢耍威风了。

问　路

有一天，赛里买公公有事要找丁家川的丁阿訇商量。可他腿疼腰酸不能出门，家里也再没有男人。赛里买一看公公急得头上冒汗，就说：“爹，让我去。”公公说：“你一个妇道人家，咋能出门？”

“我有办法。”赛里买紧说慢说地换了一身衣裳，来了个女扮男装就走了。

到了丁家川，她一看几百户大的庄头，到哪儿去找人呢？正发愁，丁家川有名的“尖嘴蚊子”出来了。赛里买上前问：“朋友，丁阿訇家在哪儿住？”

“墙上开门的那一家！”

赛里买一听心想，这个人真会说话。好吧！三年总等个闰腊月呢。她没有理睬，在庄子上转着看了看。“尖嘴蚊子”一看这个人好像个秀才，便问：“你是谁的儿子？”

赛里买掉过头说：“我是我爹的儿子。”

"尖嘴蚊子"气冲冲地说："你这个不知事的娃娃，我问你爹的名字叫什么；你怎么这样回答？"

赛里买接上话茬说："我问你丁阿訇住在哪一家，你说在墙上开门的那家，那么谁家墙上没开门？"

"尖嘴蚊子"被聪明的赛里买说得面红耳赤，理屈词穷，急忙领着赛里买找见了丁阿訇。

四 件"宝"

赛里买的公公阿里，被抓到皇宫里去修御殿。有一天，阿里干活干到中午，累得眼冒金花，腿疼腰酸，手脚打战，不小心碰倒了皇帝的一只宝瓶，竟打了个粉碎。皇帝听见了，像冷锅里的爆豆一样，眼睛瞪得快要喷出火来。他顺手抽出宝剑，就要杀人。阿里又累又饿，再看皇帝要来杀他，吓得没了主意，说了一句："皇上恕罪，小人认赔，认赔。"

皇帝一听："嗬！一个穷老回回，好大的口气，你赔？你用啥赔？"过一会儿又说，"好，阿里，我也不叫你赔这宝瓶，我只问你要四样东西：第一样，要一个比锅底还黑的东西；第二样，要一个比镜子还明的东西；第三样，要一个比钢还硬的东西；第四样，要一个和海一样大的东西。这四样东西限你十天拿来，拿不出来，当庭问斩！"

阿里虽然当时躲过了一死，回到家里就病倒了。吃不下饭，睡不着觉，整天愁闷不乐。赛里买一看公公这几天心里有事，便问："爹，你有啥事给我们说说吧，不要把你一个人愁成这样。"

阿里眼看皇帝定下的期限要到了，想说，又觉得说了也没用，只是长长地叹了一口气。赛里买却不罢休，只管劝他说："你说吧，说了，我们说不定还能想出办法呢。"

经不住赛里买再三追问，阿里拉着哭声，把事情的经过，一五一十地都讲了。赛里买一听，说："爹，你放心好啦！这四样东西我都有，明天，皇帝要来了，我亲自送给他。"

阿里以为赛里买给他宽心，便说："赛里买，不要傻了，这四样东西世上根本没有，这是皇帝故意刁难人呀！"

赛里买说："爹，我真的有这四样东西，不信你明天看着。"

第二天，皇帝一看阿里交东西的期限到了，咋还不见阿里的面？便领上人马亲自上门问罪来了。阿里和赛里买在家正等着哩。皇帝气势汹汹地进门说："阿里，那四样东西准备好了没有？期限已经到了！"

赛里买把公公往后一让，上前道："陛下，四样东西都准备好了，你一样一样地说吧！"

皇帝说："第一样，要一个比锅底还黑的东西。"赛里买说："有，人心无底比锅黑。"皇帝一听怔住了。哼！我原来想把阿里难住，现在她倒把我给征服了，好厉害呀！皇帝又说："第二样，要一个比镜子还明的东西，有没有？"赛里买马上回答道："有！心有知识比镜明。"皇帝不敢相信，说这话的竟是一个乡下媳妇。他清了清嗓子又说："第三样，要一个比钢还硬的东西，有没有？"赛里买越说越有劲："有！弟兄们团结比钢硬。"皇帝目瞪口呆，哑口无言，脸羞得通红通红的。他接着又说，"第四样，要一个和海一样大的东西，有没有？"赛里买说："多的是，女人贤良心如海。"

皇帝万万没料到，赛里买把四样东西就这样给完了，而且说得这么好。他对左右喝了一声说："还愣着干什么！"带着人马就灰溜溜地走了。

从此以后，聪明的赛里买的故事越传越远。

王彦义讲述

应　考

有一天，皇帝巡视民情，路过一个回民庄子，听说阿里的三儿媳妇赛里买说话伶牙俐齿，应对有问必答，可是个人才。于是，皇帝让人找来阿里说："听说你的儿媳妇聪明超众，我今儿考考她。要是真有才气，我要重用她！"

阿里一听，心想胡大[①]呀，三媳妇是个妇道人家，咋敢在皇帝面前应考呵！他愁眉苦脸地到了伙房，对三媳妇把原情一说："我看你还是不要出去为好，那么多秀才都考不上，你还去惹是生非?"

赛里买想了想说："爹，皇帝已经来到了咱家里，咱死活也躲不过去，不如让我去试试，看看皇帝究竟考的啥，说不定也能对上他两句。"阿里只好答应了。

赛里买见了皇帝，道了个"色俩目[②]"。皇帝眼一瞟，赛里买戴着个小圆白帽，衣裳穿的平平常常，全不像个有才学的人。便问："你识了几个字啊?"

赛里买不慌不忙地回答说："我一字不识。"

皇帝一听，噢，还这么厉害呀，只有一个字不认识。皇帝一看她口气不小，就接上问："谁出世得最早呀?"

赛里买低头想了想，听人说盘古出世得最早，我才不这样认为呢！她回答说："盘变古出世得最早。"

"胡说!"皇帝生气地骂开了，"自古以来，只听说过盘古开天辟地，哪里冒出来个'盘变古'，嗯?"

赛里买机灵地说："陛下，没有盘变古，哪里来的盘古呢？盘变古是盘古他老爹。"

皇帝一听高兴了："答得好！答得好呀！我只记住了盘古，还忘记他老爹了!"

赛里买一听皇帝的话，背转过脸偷偷地笑了!

皇帝又问："中国那么多字你只有一个不认识，那你究竟读了多少卷书呀?"

赛里买说："日晒胶泥卷。"

皇帝一听，这话是什么意思呀？他想了半天，对了，暴雨过后，稀泥经

---

① 胡大：一作"胡达"。通用波斯语的穆斯林对安拉（伊斯兰教信奉的主宰一切的、永恒的唯一真神）的称谓。通用汉语的穆斯林多称安拉为"真主"。

② 色俩目：祝福的话。

太阳照晒，那会翘起多少卷卷呀。她竟读了那么多卷的书，了不起！他暗暗称赞这个回民媳妇，知识真渊博。又接着问道："你读了那么多卷书，那究竟有多少篇呢？"

赛里买回答说："风吹树叶片（篇）[①]。"

皇帝一听，这简直是个神女了，她竟读了像树叶那么多篇的文章，真了不起。我考了多少人，都没有她识的字多，也没有她读的书多，怪不得她这么聪明。就封她为女状元。

从此以后，赛里买的名声越传越远了。

王彦义讲述

女 掌 柜

赛里买一家四代人在一块起伙吃饭。爷爷一直是家里的掌柜的，他能掐会算，会抓光阴，一家人不愁吃、不愁穿。日子过得很美当。

这年，爷爷快八十岁了，他身子骨渐渐不利索了，听声、言传也不如从前了。一家人没个主心骨，光阴越来越紧。爷爷一天到晚地想着给家里选个好掌柜的。

这天，他把儿子、孙子、孙媳妇，都叫到一搭说："我是快无常[②]的人了，你们谁能当掌柜的？"八个儿子、十几个孙子都要争着当。爷爷一看，这还得了！干脆谁也甭争，我自己派谁就是谁！

晚夕，一家人都睡定了，爷爷把拐棍头子撇到院子里，把一捧糜子撒到墙旮旯里，把水窖墩子扒豁。看谁留心这些，就叫谁当掌柜的。

第二天，八个儿子把拐棍头踢过来、踩过去，没有一个人把它捡起来。墙旮旯里的糜子红朗朗地撒着，也没个人去扫。窖口子敞着，土碴子刮满

---

① 片（篇）：在方言中片与卷、篇两字谐音。

② 无常：去世。

了，也没有人吭声。几个孙子在爷爷跟前，更是溜嘴撇叶子，爷爷一个都看不上。

过了一会儿，赛里买从伙房里出门，一看，爷爷乌黑乌黑的拐棍头，被人踩成个土榔头，她赶忙捡起来送给爷爷说：“爷爷，你的拐棍头，咋在院里扔着？”说完她拿上扫帚去扫院，见墙旮旯里有一捧红糜子。她扫成了堆，用簸箕簸了簸，倒进仓子里。爷爷看着，点了点头：掌柜的总算找到了。

爷爷正思谋着，赛里买刚好进门来说：“爷爷，我们的窖墩子塌了，你让哪一个孙子去抹一下。”爷爷眉梢往上一动，说：“好孙媳妇子，你就是这个家的掌柜的。你说让谁干，就叫谁干！”赛里买吃惊地说：“爷爷老糊涂了，我们家那么多男子汉不当掌柜的，我一个妇道人家咋行？”

“行！完全行！”爷爷大声地夸赞着。

家里人都听见了，跑到爷爷跟前说：“这么大的家口，赛里买能当掌柜的？”

爷爷一本正经地说：“怎么不行？昨天，我故意把拐棍头子和糜子撇到院里，把窖墩子扒豁了，看看有人留心没有。结果你们脚底里踩了多少遍，眼里过了多少次，也没人拾起来。赛里买刚从门里出去，都捡来了。你们说叫谁当掌柜的？”

赛里买的三小叔子说：“凭这点儿小事，就能当掌柜的？我们苦死苦活还落不下个好！”

爷爷发火了：“你知道个啥？俗话说，不怕针尖上削铁，就怕大手大脚。俭省穷能变富，奢侈金山要空。小事你都做不成，大事还能办成，嗯？”

家里人都知道爷爷的脾气犟，谁也不敢顶撞。从此赛里买就当上了掌柜的。

赛里买挑上担子，第一件事，就叫三小叔子到马铁匠家里打几十把镰刀。三小叔子很是不满，嘟嘟囔囔地说：“麦子才抽穗，打镰刀干啥？不是干腿子抓脉！”赛里买听见说：“吃不穷，穿不穷，算计不到一世穷。现在不做准备，事到临头，打镰刀的人多了，能来得及？”

三小叔子被说得哑口无言。乖乖去打了几十把镰刀。

过了一些日子，麦子还没黄，赛里买又使二小叔子去叫十几个帮忙的人，准备收麦子。二小叔子又火了：“麦子还没黄，叫人干啥?”赛里买说：“现在不叫人，麦子黄了，大家都叫人，不误了大事?”

二小叔子还是不服气，跑去给爷爷告状。爷爷说：“既然赛里买当了掌柜的，那就一切都听她的!”二小叔子告了个折腰状，碰了一鼻子灰，只好垂头丧气地去叫来了十几个帮忙的人。赛里买把饭做上，让帮忙的人吃饱喝足了。

过了五六天，麦子黄了个八九成，赛里买给每人发了一把镰刀，下地割麦子。二小叔子和三小叔子觉得时机未成熟，还不愿意割。但大家也只割了整整一天，麦子就全部割完了。

晚夕，大家回来正吃饭，西山云口里发起了红云。俗话说，西山发红云，冰雹要降临。果不然，一阵冷风吹过，头顶上几声炸雷，鸡蛋大的冰雹下开了。这时，全家人都盯着赛里买：“真主呀，要不是赛里买，一家人要喝西北风啦!”三小叔子和二小叔子说：“大嫂，你咋知道下冰雹?”

“我也不知道，”赛里买说，“不过俗话说，晴天要防顾阴天，阴天要防顾雨天。种庄稼好比龙口夺食，耽误一辰时，少打百担粮呵!”两个小叔子服了。全家人都夸奖赛里买是个会过光阴、能算计的掌柜的。

马荣讲述

以上五则王正伟搜集整理

依玛目的故事

（回族）

依玛目是一位官宦型机智人物，出自艺术虚构。其故事流传于宁夏银川一带，颇受回民群众喜爱。

审 石 头

很久很久以前，朔方府来了个新知县，名叫依玛目。他高个子，黄头发，深眼窝，棱鼻子，大眼睛，年约三十岁，方面大耳，声如洪钟，才智过人，办事公道。没过几天，众百姓纷纷传说他是哈密州的老回回。

依玛目当官不像官，从来不抖威风，不收贿受礼。不久，他听说凹路堡喊冤的人多，就想去察看察看下情。这一天，他换了便服，带了衙丁，骑着毛驴暗访凹路堡。他到了凹路堡街上，看见一个女娃娃，身穿窟窿衣衫，披头散发，坐在街上号啕大哭。依玛目拉着驴站在一旁，打量这个女娃娃的情景，心想：她这样伤心，其中必有缘故。便和气地问她："娃娃，你有啥伤心的事呀？说给我听听！"女娃娃揉着眼睛伤心地诉起苦来。原来这女娃娃的寡妇妈妈，名叫法图麦，有一手炸油食的祖传手艺，她炸的馓子、麻花、油香远近闻名，除了每天在铺面做生意，还叫十二岁的女娃娃提篮沿街叫卖，天长日久，挣了不少的钱，大家都称她"财寡妇"。昨天半夜，家里闯进一个坏人，把法图麦活活地掐死了，家里的钱抢了个精光，连笸箩里放的零钱也一文没剩。这个女娃娃因此孤苦伶仃，无依无靠。依玛目听了，暗下决心，要替法图麦报仇，便拉上女娃娃到她家去。

依玛目叫衙役找来了老乡、堡长，问明情由，又到现场巡察验尸，发现屋里一块石头上放着的一罐香油被打翻了。石头上糊糊一层油，尸体的脖子上的指印也有油印。依玛目寻思，凶手碰倒油罐，手上定会有油，抢去的钱必然也会粘上油，油香笸箩里的钱也是油的，他自语道："油、油、油，要在油上察根由。"随即给衙役派了差。

第二天，正逢集日，几个衙役，抬着一块石头，敲着铜锣在街上边走边喊："众百姓听着，杀人凶手已捉拿归案，老爷在西门大院审判石头，欢迎众人听审。"这事惊动了当街行人，凶手听了之后，心惊肉跳。不大一会儿，满街的行人，都拥进西门大院，人群如潮水，凶手身不由己，也跟了进去。

大院里，人山人海，衙役把大门上了锁，不准随便出入。大门口放着一个大水缸，两边站着一对衙役，院子内临时设了一个审案台，中央放着一块石头，旁边放着一个火炉和烧红的烙铁。台下众百姓席地而坐。知县依玛目穿着七品官服，摇着乌纱翅，迎着太阳上了正座。他两眼瞪着捆绑的石头，两班衙役排列两边，众百姓都静悄悄地看着。这时，只听依玛目突然放声说道："石头！石头！你的心为什么这样狠！贪财害命，害的女娃娃无依无靠，快说你是怎么把人害死的？"稍停，依玛目侧耳听听，又自言自语地说："你没去？"众人听了大笑。"那是谁把人掐死的？"依玛目拿起火烙铁向大家摆了一摆说："笑什么？石头已经招供了，它说图财害命的凶手就在人群中间。"众人一听都愣住了。这时，凶手突然打了个寒战，低下了头。依玛目放下了火烙铁又问石头："哪一个？""等一会儿说？""你说女娃娃往后光阴怎么过？""先请众乡亲散个'乜贴[1]'？""噢！对！对！对！"依玛目一声高、一声低地对着石头说话，猛然，他又高声大嗓子地对大家说："石头说话，你们听不见，我听得见。刚才石头告诉我，先给女娃娃散个'乜贴'，多少

① 乜（miē 咩）贴：教民的许愿施舍。

不限。然后再听石头招供，才可升堂判案。凡散‘乜贴’者都把钱抛在水缸里。”

顿时，依玛目退堂，两班衙役抬来了水缸，依玛目坐在太师椅上，两眼紧紧地盯着水缸，众人看着县太爷的样子，悄悄议论：“县太爷在水缸前又捉弄什么?”每个人都纳闷地走过水缸，铜钱像雨点般的扔到水中。这时，有一个中年汉子，挤在人群中，脸色苍白，斜着眼珠，向水缸走来，从口袋里掏出几个铜钱，扔了进去，那铜钱刚一入水，水面上立刻浮起了一圈油花，他头也不抬，转身就走。依玛目立刻盯住了他。

“乜贴”散完了，县太爷又升堂了，他站在石头跟前转来转去，两眼却盯住那凶手，突然又问起话来：“乜贴散完了，你说吧，贪财害命的是谁?”依玛目又侧耳在石头跟前听了听，然后说：“噢！原来是他呀!”便大步跨出公堂，向人群中走去，两个衙役紧跟在两旁。依玛目指着那汉子说：“你上来。”衙役马上把他拉上了堂，当场搜身，从他怀里取出的铜钱放入水中，都泛着油花。经过审问，正是昨夜谋财害命的杀人犯。

案审完了，众百姓都在议论新来的知县依玛目，不但是个为民除害的清官，还是个神机妙算的断案能手。

马成山讲述

验　尸

从前，朔方县的知县是个回回，名叫依玛目。他常常骑着毛驴，穿着便服，后跟衙丁，到乡下明察暗访，为喊冤的民众查证案情，伸张正义。有一天，他到多事的凹路堡石家坑暗访，路过骆驼岭，正巧碰上了一个媳妇，年纪二十五六岁，身穿青衣，头缠一团白生生的孝布，在路旁的坟堆里跪着，默默地不知在想着什么。她一见有过路的人来，就唏哩起鼻涕，一声高一声低地嚎起来：“哎呀，我的阿哥啊！真主收了你呀，你在随拉蒂桥[1]上等等我！你走了叫我咋地活呀！我的栽德哥呀……”可是哭声里没有悲痛的气味，语调中没有嘶哑的哀伤。依玛目越听越不对味，脑海里打起转来，随即拍了拍衙丁的肩膀，耳语了几句。衙丁就朝坟地走过去，问那跪在地上的媳妇。不一会儿衙丁来报：“回禀老爷，哭坟的女人，说她是凹路堡石家坑人，丈夫叫白栽德，昨天得急症无常了。”

依玛目吩咐衙丁，找来当地乡佬[2]查问。乡佬说：“白栽德是从外乡迁居此地的穆民，是个单丁独户。平素身体壮实，性情温和，一向安分守己，与邻里相处也十分和睦。昨儿突然无常了，其妻白氏心旦，平日不大正经。”

依玛目听了乡佬的回话，又想到寡妇哭坟的情景，心里更加狐疑。他再次去石家坑左邻右舍中私访。左邻撒大爷说：“白栽德是个说话不多的老实小伙子，手脚勤快，见人总是笑眯眯的，身体壮实，无常前从没听到他有一丝病，那天天黑我见到他还在挑水呢！”右邻的麦乎大妈说：“白栽德的媳妇子是个母老虎，整天好吃懒做，光会戳是非，和庄上的二流子玛力勾勾搭搭。栽德无常的那天晚上，我经过他家的屋门，见窗户上有三个人影，叽叽咕咕在屋里闲扯，没过一个时辰，只听屋里惊叫了一声，再没听见响动。第二天大早，听见栽德的媳妇子在屋里号哭，才知道栽德得急病无常了。”依玛目边听边思谋，看来这里边大有文章啊！他便叫麦乎大妈去心旦的屋里，看有什么可疑东西，悄悄地取来，做个证据，第二天麦乎大妈趁心旦不防备，取来了一件玛力常穿的衣服。

依玛目虽然拿到了物证，但还不能完全断定是他俩谋杀了白栽德。他决定传心旦来到公堂。心旦一见县官，就脸色苍白，支支吾吾地说：“栽德上灯时，肚子猛地疼痛，捂着肚子乱滚，不到一更，便口吐白沫无常了。”依玛目问道：“谁着的水洗的‘埋体’？[3]”只见心旦猛然一惊，停了一会儿才吞吞吐吐地回话：“远乡路过的一个阿訇在家着的水，着完水便走了。”

---

① 随拉蒂桥：迷信中的奈何桥。

② 乡佬：地保。

③ 回族丧俗，下葬前尸体用清水大洗一次。

依玛目冷笑了一声，心里说，证据就在“埋体”的身上了。他亮开嗓门说：“好吧，既然再无别人看见，只好验尸了。”

尸体取出后，只见遍体青紫，嘴唇乌黑，眼睛半睁半闭，肚皮上有碗口大的一个青疙瘩。依玛目叫人剖肚验证，看白栽德得的是什么病结？肚子剖开后，只见一条七寸毒蛇，还没有死。依玛目忙让人装入瓶中。

当日依玛目开堂审案，衙丁把玛力和心旦押解到公堂跪倒在地。心旦已经双腿瘫软，低头不语，而玛力还在挺胸狡辩。依玛目拍案大怒，边说边拿出玛力赃衣一件，取出瓶内装的毒蛇，玛力才低头从实招供。

来做证和看热闹的乡邻们这才知道，白栽德受害之前的夜晚，心旦早放好了蒙汗药茶，哄骗栽德去喝，不一会儿药性发作，栽德就迷迷糊糊不省人事了。心旦托住栽德的头，掰开牙床，玛力把早已准备好的毒蛇，对准喉咙放了进去，就这样把栽德害死了。两人合计，反正栽德近无亲，远无主，便在当晚把栽德的尸体用白布一裹，连夜埋了。第二天假惺惺地请来别庄的阿訇，在家散了乜贴和走坟[①]。两人打算过完百天之后成亲。想不到竟被依玛目查实，下进了死牢，上报听候问斩。全县的人得知此事，无不拍手称快，纷纷赞扬依玛目断案神速。

马成山讲述

审 母 鸡

一天，朔方县知县依玛目带了两个衙役，在朔方城察访。街上的行人熙熙攘攘，在街心中有两个人正在撕打，一个鼻青脸肿，一个头破血流，互不相让，围观的人没人敢去劝架。依玛目看见后，就连忙让衙役一面上前劝阻，一面询问打架的原因。其中一个农民打扮的汉子说：“我叫丁舍巴。老妈得了病，我来粜粮抓药，又怕药钱不够，抓来了一只黑母鸡添补。为了赶

① 走坟：在坟上祈祷，缅怀已故的人。

上早集卖粮，我把黑母鸡寄放在纳四的货摊上，等我卖完粮食来抓鸡，谁知他变了卦，不承认寄存母鸡的事了。”

货摊主纳四一听就叫喊开了：“这个乡棒子，真是个死赖子，谁见过他的鸡？你看多稀奇！”边说边指着旁边摆鞋摊子的鞋匠说：“不信你问问他。”鞋匠吴臊急忙插嘴说：“就是嘛，谁见过这个人，真怪！”依玛目没吭声，向摊主的院子里走去。

依玛目一进院门，就见一群鸡在院子里四处寻食。依玛目问丁舍巴说：“这群鸡里有你的鸡吗？”丁舍巴定睛一瞧，自己的黑母鸡站在一旁。“回禀老爷，我的鸡在里边。”依玛目向衙役耳语了几句，便扭头向府里走去。

衙役把院内所有的鸡用筐子装好，原告、被告、证人都跟在后面走入县衙。另一衙役敲着铜锣在街上喧嚷：“老爷开堂审鸡了！”这下可惊动了满街的人，顷刻间，人群像潮水一样拥进县衙。

县衙里，堂鼓齐鸣。三班六房早已站在两旁。知县依玛目提袍端带，走进大堂。他坐到案前，把惊堂木一拍：“带原告、被告、证人上堂！”只见丁舍巴、纳四和证人吴臊一齐跪在堂下。人们就围在大堂下看热闹。

这时，依玛目皱着眉头大喊：“抬上来！”一筐鸡放在地上，一个衙役开筐放鸡，另一个衙役把碎粮撒在地上。顿时，大鸡小鸡“咯！咯咯！”地抢着吃，只有一只黑母鸡站在一边，不敢啄食。依玛目对众人说：“耳听为虚，眼见为实，素来‘鸡生狗独’，证明这只黑母鸡是农夫丁舍巴的，你们有何辩解？”

在事实面前，纳四只得从实招供，吴臊低下了头，人们哄堂大笑。依玛目说：“纳四诈骗丁舍巴，又欺骗本县，该当重办，念其初犯，从轻发落。丁舍巴为母治病，孝心可感，将纳四之鸡充公全部赏他，为母治病；证人吴臊，扯谎拍马，公然伪证，罚打二十大板，以观后效。”在场的百姓异口同声地赞道：“公平！公平！”

马子林讲述

老驴识途

有一天下午，依玛目带着衙丁张千、李万二人，来到县衙所辖的粮库视察。在吵吵嚷嚷的人群中，有一个年纪大约十六七岁的小青年，两手捂着眼睛，喊天跺地呜呜号哭，嗓门都哑了。依玛目停住脚步，询问他哭的原因。

“我叫丁阿里，家住河水堡，今儿进城探亲，顺便替乡亲们代交河滩公地税金。这里人多挤不进去，正巧来了一个四十多岁的汉子，假装好心，说他自己也去交税金，让我替他拉着驴，他一并替我去交。这样，我从上午时辰等到现在，不见他的人影。”依玛目问明了代交税金的钱数，又掰开驴嘴看了口齿，自言自语地说：噢，骗走了三条驴的钱。随即让衙役把丁阿里和驴一起带到县衙，又吩咐今儿不准给驴喂草料。

第二天，依玛目吩咐了三个衙役，如此这般交代了公务，让他们随着驴快步出了城。这头驴大约走了七里路，就走进了一个庄户院子。这时，屋内正在说话，老婆问老头：“驴卖了？价钱卖得不错吧。”老头笑嘻嘻地说：“我这人谁不知道是个生意精，价钱如果少了还能卖?!”话没落点，儿子大喊：“爹呀！咱家的灰叫驴回来啦!”爹的脸色沉下来，舌头都直了，咕哝着说：“哪，哪里?”说话间，三个衙役进了门，二话没说，把老头捆了法绳，押解归案。

原来骗钱的马木子是个远近皆知的赌徒，输了钱还不了账，把自己的驴子拉到集市上去卖，只因驴子口齿不好，卖不出去，他只好拉着驴去粮库找熟人想借点儿盘缠。正好见到丁阿里手拿着一叠票子，他就心生一计，骗了钱就从人群中溜走了。

刚开审时，马木子不肯承认。依玛目说：“老驴识途是牲畜的本性，你不知道吗？你要花招骗人，丁阿里不认识你，这条老驴可认识你呀!”马木子听了这话，只好低头认罪。

马子林讲述

以上四则谢荣搜集整理

伊斯哈的故事

（回族）

伊斯哈是一位劳动者型的机智人物，出自艺术虚构。其故事大多为捉弄、鞭挞贪官、财主、奸商及鬼怪的趣话，流布于新疆、甘肃的回族聚居区；在东乡族地区亦有流传，称为“伊斯哈的故事”。

捉弄县官

伊斯哈看到有些坏人犯了法，只要送些钱财贿赂县官，就会被宣布无罪释放。伊斯哈对此很气愤，想找机会捉弄一下县官。

这天，伊斯哈路过一个村庄，迎面碰上几个官差。官差不问青红皂白，就把他捆了起来。伊斯哈质问官差：“你们为何抓我？”官差回答说：“昨晚前面一家被盗了，报案到县府。我们正好碰上了你，准定是你偷的。”说罢，揪着伊斯哈就往衙门走。

在去衙门的路上，伊斯哈乘解手的机会拾了一块石头，用手帕包好掖在腰带里。到了县府，在公堂上见了县官，伊斯哈跪在县官面前大声喊道：“冤枉啊，我的老爷！请你主持公道，明辨是非，我是路过那里的，小人与偷盗无缘！”

县官一看是伊斯哈，不由得火冒三丈，一拍惊堂木，喝道："伊斯哈，你多次戏弄本官，这次又在本官面前胡说八道！"

伊斯哈说："我实在冤枉哪！老爷你是知道的，我伊斯哈是个良民，品行端正，从不干违法的事情，更不用说偷人家的东西了。"他边说边将腰里的手帕掏出来，轻轻地塞到公案桌下，放在县官的脚背上。

就在伊斯哈说话时，县官觉察到脚背上放了个沉甸甸的东西，心想：伊斯哈以前目无本官，这次准是偷了人家，做贼心虚，所以才贿赂我。他用脚掂了掂脚背上的东西，足足有五十两重，心想一定是元宝。县官慢慢地把脚背上的那个包挪到了脚后，笑容满面地说："是呀，谁不知道你伊斯哈是个安分守己的人，肯定是这些混蛋差官抓错了人。老弟，你别见怪，回去吧！"

放走伊斯哈后，县官喝令退堂。官差们走开后，县官迫不及待地拿起脚下用手帕包着的东西，高高兴兴地打开一看，哪里是什么元宝，里面包着一块白石头！县官又被伊斯哈戏弄了一遭，气得咬牙切齿，喝令官差马上去抓伊斯哈。官差跑出衙门时，伊斯哈早就走得无影无踪了。

借车轴

一天，伊斯哈跟庄上的几个穷车夫，赶着马车载着重货走着。经过一个老财的庄园门口时，因为道路凹凹凸凸，大车一颠，把车轴颠断了。伊斯哈走过去从门外朝里一看，见那个老财家院内南墙下立着一个车轴，就对大伙说："咱们去借老财的车轴用一下。"

伙伴们听了说："伊斯哈，你说哪儿的话哩！这个老财的本性你还不知道？上次我们经过他家门口，进去要一碗水喝，他都没有给我们哩。现在你想借用他的车轴，他才不肯借给你哩！"

伊斯哈说："我们去问一问，也许能借来。"

正当大伙跟着伊斯哈要走进老财家大门时，突然听到老财对他的儿子说："主麻，你去看看你娘的药吃过了没有？"

伊斯哈听了这话，神秘地笑了笑，对伙伴们说："有办法了，不但能把车轴弄来，咱们还能吃上肉。你们站在墙外等着，不要声张，一切听我的。”

伊斯哈挺着胸脯走进大门，见了老财手按在前胸问了声好，说道：“我是专门捉鬼降妖的施切子[①]。”

老财听后，满脸堆笑地说：“先生，我家有了鬼吗？你真能降妖捉鬼？”

伊斯哈严肃地回答道：“当然能捉鬼！我说说你听听，要是说对了，我就给你捉鬼；要是说不对，你赶我出去。”

老财眉开眼笑地说：“好，好！我听先生讲。”

伊斯哈口中念念有词地说道：“车轴顶南墙，野鬼缠住了主麻的娘，要想捉走鬼，还得掌柜子的领头大羯羊。”

老财听后，吓得唰地变了脸色，说道：“先生，你真是魔法无边，我儿真的叫主麻，是她娘病了，整天迷迷糊糊，口中乱说。先生你看鬼要干什么？它是怎么来的？”

伊斯哈回答说：“刚才我不是说了嘛。正因为你的车轴顶住了南墙，日晒雨淋成了气候，才招来了无常鬼。鬼来后你又没有施舍，所以鬼缠住了主麻他娘。只要你把那只领头的大羯羊杀了，我来为鬼做个禳解[②]，他马上就会走开，主麻他娘的病也就好了。”

老财满口答应着，立刻让长工杀了领头的大羯羊。伊斯哈嘴里唔里唔啦念了一阵，把一碗羊血洒在车轴上。然后，他把羊头和四蹄留给老财，将羊肉分成八大件，自己踩着车轴上到墙头上，让老财一块一块地把羊肉递给他。伊斯哈把羊肉交到墙外等着的伙伴们手中，又对老财说：“掌柜的，这车轴搁在你家院里不吉利，你抬起来，我扔出墙外去。”

老财生怕野鬼再来，赶忙扛起车轴递给伊斯哈。伊斯哈把车轴递给车夫们，说：“‘野鬼’，快点抬走！你们吃了羊肉，又要车轴。要是掌柜的明白过来了，会跟你们算账的！”

说罢，伊斯哈从墙头上跳下去，换上车轴，跟伙伴们带着羊肉，吆着马

---

① 施切子：旧时在回民乡间专靠装神弄鬼骗取钱财的人。

② 禳解：祭祷消灾的仪式。

车走开了。

老财听见门外有大车轱辘声在“吱咕——吱咕”地响着，以为鬼真的推着车轴走了，吓得魂不附体，三天没敢出门。

以上两则金燕　龚茂夫搜集

掌柜的赔驴

一天，伊斯哈到县城馆子里吃饭。掌柜的一看，是个户老大，就朝里喊道：“堂倌子哟！前槽拉到后槽里，把前儿个的饭菜端上来！”

一阵阵就端上来了。伊斯哈一看，尽是些乱七八糟的剩饭，没言声就吃了。

二回伊斯哈又来了。他拿着驴笼头和缰绳，绑到馆子门口的拴驴桩上，径直走进了馆子。掌柜的一看，咦！这个户老大又来了，便喊道：“堂倌子哟！前槽拉到后槽里，把前儿个的饭菜端上来！”

伊斯哈把手一摆，大声说：“要上等饭菜！”

掌柜的一听：“哟，这个户老大，今日个还有来头哩！”于是朝里喊：“饺子一碗！”

伊斯哈边吃着饺子，边说：“这个馍馍怪怪的，窗子没有，门没有，这些肉是从哪里进去的呀！”这话把掌柜的和堂倌都惹笑了。伊斯哈吃完饺子，又说：“那个锅里的是啥？咋不拿来！”

堂倌子端来一碗说：“是油糕，吃吧！”

伊斯哈一吃怪香的，说：“我还要喝汤哩。”

堂倌端来一碗汤，伊斯哈喝完后，把嘴一抹，说：“我看一下我的驴，再算钱。”说着走出馆子门外，吃惊地喊道：“哎哟！我的驴子咋不见了！”

“我们没有看见你吆驴子来呀！”掌柜的说。

“谁说的！不行，打官司去，走！”伊斯哈说。

“走就走。”掌柜的说。

他们来到县衙门，县太爷问道："你们有什么事？"

伊斯哈说："我把我的驴子拴在他的馆子门口，我进去吃饭，出来驴子就不见了。"

"是实话？"县官问。

"是实话，县太爷。"伊斯哈说，"我拴好驴子走进饭馆，掌柜的就说：'前槽拉到后槽里，把前儿个的饭菜端上来！'"

县官问掌柜的："这是实话吗？"

掌柜的支支吾吾地说："我，我……"

县官又问掌柜的："你到底说过'前槽拉到后槽里'没有？"

掌柜的说："是，是，是，可是我……"

伊斯哈打断他的话说："掌柜的承认了，还有什么说的！"

掌柜的有口难辩，一时张不开口。

县官当场判决，对掌柜的说道："你不要抵赖了，赶紧赔人家的驴。你不赔人家的驴，我饶不了你。退堂！"

智惩买亚衣开

传说在阴间有个买亚衣开，非常凶恶，专门要人的命。伊斯哈听说后，总想看看买亚衣开是个什么样，他到底有多厉害？一天，他大摇大摆来到人群中，对人们说："我是制服过恶虫的伊斯哈，买亚衣开敢要我的命，我就先要他的命。"

这时，一个偷听话的小鬼，听见伊斯哈说买亚衣开的坏话，赶忙回去报告了买亚衣开。买亚衣开一听，气愤地说："精脚子鬼，去给我把伊斯哈抓来，下油锅！"

精脚子鬼来到伊斯哈住的院子里，说道："伊斯哈，你吹牛惹怒了我们的买亚衣开老爷，快跟我走，把你下油锅，要你的命呢！"

伊斯哈一听，赶紧拔了些八角刺撒了满院子，然后拿鞭子把精脚子鬼抽打了一顿。精脚子鬼脚掌上刺满了八角刺，跑出院子时浑身都是伤。

精脚子鬼回去告诉了买亚衣开，买亚衣开气坏了，说：“好，我亲自去一趟，把伊斯哈这小子抓来。”

买亚衣开骑着千里驹去找伊斯哈。伊斯哈老远看见了，急忙拉过来一只大牴羊，备好鞍子，挂上锄头和鞭子，再给牴羊戴好了叉子等着。不一会儿，买亚衣开骑马走过来，说道：“伊斯哈，今天我亲自来请你哩，跟我走吧！”

“你不要忙嘛，我这不是准备好了吗！”伊斯哈指着大牴羊，说着又问：“你骑的是啥东西？”

“我骑的千里驹。”

“你骑上千里驹头里走，我后头就来了。”

“你骑的啥？”

“我骑的万里蹦。”

“你挂上锄头、鞭子干啥呢？”

“我敲它一锄头，它能翻二十四个墙头；我打它一鞭子，它一天一夜走一万里。咳，你的千里驹算个啥哩，你头里走吧，我后头就来了。”

买亚衣开听得入了神，便说：“我俩换了骑吧。”

伊斯哈说：“你骑上就骑上，但是有个条件呢。”

“啥条件？”买亚衣开问。

“连衣裳一起换了才行。要不，你骑上万里蹦，它不认识你，不听你的话，就跑掉了。”伊斯哈说。

买亚衣开满口答应，并跟伊斯哈把衣服也换了。伊斯哈骑上千里驹，抽了一鞭子，千里驹就跑开了。

买亚衣开骑上大牴羊，一下子把牴羊压倒在地上。买亚衣开打了一锄头，牴羊不动弹，又打了一鞭子，还不动弹。一锄头、一鞭子，一鞭子、一锄头，最后把牴羊打死了。买亚衣开这才知道上了伊斯哈的当，赶紧撒腿去追。

伊斯哈骑上千里驹，穿着买亚衣开的衣裳，到了阴府往宝座上一坐，精脚子鬼急忙上来问道：“买亚衣开老爷，你把伊斯哈弄来了没有？”

“来了，来了。你们快到门口把守着，他一来就赶紧揪住他下油锅。他咋说你们都不要听，一定要麻利些。”伊斯哈说。

买亚衣开气喘吁吁地跑到门口时，精脚子鬼一看是穿着破烂衣裳的伊斯哈，一把揪住就往油锅跟前拉。买亚衣开大声喊叫道：“我是老爷，我是买亚衣开老爷！”

精脚子鬼气呼呼地说：“哼，你用八角刺把我扎的这会儿还在痛呢！现在你又冒充老爷……”

说着，精脚子鬼将买亚衣开搡进沸腾的油锅里，炸成了油糕。

以上两则刘希英搜集整理

阿凡提的故事

（维吾尔族）

阿凡提，全称纳斯尔丁·阿凡提，是一个著名的机智人物形象。有关他的趣事、笑话，在维吾尔族、哈萨克族、乌孜别克族、柯尔克孜族、塔吉克族中都有流传。其中以维吾尔族流传最广，家喻户晓，尽人皆知。在国外这个人物又称“霍加·纳斯列丁”“毛拉·纳斯尔丁”等，他的趣事、笑话，长期以来在小亚细亚半岛、阿拉伯、中近东、巴尔干半岛、高加索、中亚细亚及欧美其他一些国家传播，使他成为民间文学中的“世界性的形象”。

王　袍

国王举行盛大的宴会。来参加宴会的，都是有钱有势的人。在宴会上，国王赐给每个客人一套华丽贵重的衣服。同时，国王也叫来了阿凡提，当着众人，赐给他一块披在毛驴身上的麻布。

阿凡提恭恭敬敬地从国王手里接过麻布，再三向国王道了谢，然后高声向客人们说：“贵客们！国王赐给你们的衣裳，虽然都是绫罗绸缎的，可都是从巴扎[1]上买来的。他是多么尊重我呀！你们瞧，他竟然把自己的王袍赏赐给我了！”

国王的生肖

国王要阿凡提给他算一算自己的生肖。阿凡提算了一算，说道：“陛下，您属狗。”

国王很不开心，说道：“我是个国王，最不济也得属狼。你怎么说我属狗！”

“假如陛下要我奉承您，”阿凡提说，“那我说您属大象也可以。”

以上两则赵世杰翻译

两头驴的东西

一天，国王和大臣带着阿凡提出外打猎。天气像火烧一般炎热，热得国王和大臣汗透衣衫，他们就把湿透的衣衫脱下来搭在阿凡提的肩上。

阿凡提本来也就够热了，身上再压上国王和大臣的衣衫，就更是汗流如雨了。国王见阿凡提热得满身大汗，便故意戏弄阿凡提：“阿凡提，你真不简单，能驮一头驴驮的东西。”

阿凡提听了很生气，但他却平静地说：“不，我肩上担的是两头驴的东西。”

穆罕默德伊明　王堡　艾山马木提　张如智翻译

---

① 巴扎：集市。

国王有四条腿

阿凡提害眼病，看不清东西。国王偏要叫他来看这个，看那个，还取笑他道：“你不论看什么，都把一件东西看成两件，是吗？你本来穷得只有一头毛驴，现在可有两头了，阔起来了。哈哈！”

“真是这样，陛下！”阿凡提说，“比如我现在看您就有四条腿，和我的毛驴一模一样呢。”

毛驴总督

国王想羞辱阿凡提。有一次，他把阿凡提召进宫来，当着所有大臣，郑重地宣布：“今天我宣布：我任命阿凡提为京城里的毛驴总督！”

大臣们听了哈哈大笑。阿凡提却马上从座位上站起来，恭恭敬敬地向国王行了礼，然后大摇大摆地走过去，坐在国王宝座的最高一层上。

“阿凡提，好大胆！”国王喝道，“你怎么敢坐得比我还高？还不快下来！”

阿凡提举起手，十分严肃地对着国王和大臣们说道：“安静，安静点！愚蠢的毛驴们！哪一只也不准乱叫，听你们的总督——阿凡提的指挥！”

金钱和正义

一天，国王问阿凡提：“阿凡提，要是你面前一边是金钱，一边是正义，你选择哪一样呢？”

“我愿意选择金钱。”阿凡提回答。

“你怎么了，阿凡提？”国王说，“要是我呀，一定要正义，绝不要金钱。金钱有什么稀奇？正义可是不容易找到的啊！”

“谁缺什么就想要什么，我的陛下。”阿凡提说，“您想要的东西正是您最缺少的呀!”

察　狱

一天，国王带着阿凡提，上牢狱里察看犯人。

“你们都犯了什么罪呀?”国王问道。

“我们什么罪也没有!”被囚在牢狱中的人异口同声地说。

国王问来问去，只有一个人真的犯了罪。

“陛下!”阿凡提走上前来说道，“请您立刻下命令，把这个人撵出去吧!他怎么混到您的牢狱里来了。您的牢狱要囚禁的是另外的那些人呀!”

再也难不倒他

国王自以为很聪明，最喜欢出难题来难倒人。有一回，他找来一万二千个学者，问他们世界的中心在哪儿，结果谁也答不出。国王得意极了，马上出告示征求能回答这个难题的人，而且宣布：答对了的有赏，答得不对的要受罚。

成群成群的人来看告示，看过都摇摇头走开了。只有阿凡提看了告示，就骑上毛驴，赶到王宫去了。

阿凡提拉着毛驴，进宫见了国王。国王问道：“怎么，你知道世界的中心在哪儿吗?”

“我知道。”阿凡提回答说，“世界的中心就在我驴子左前蹄踩的地方。”

“胡说，我不信!”

“您不信，请您自己把整个世界量一量吧，错了就罚我好了!”

“这……这……”国王想了半天，又问道：“那么，我再问你：天上的星星一共有多少颗，嗯?”

“天上的星星么?”阿凡提想也不想，就答道，“不多不少，恰好和陛下您的胡须一样多。”

“什么？你胡说！”

“这是千真万确的，您不信，就先上天去数一数看。要是多了一颗，少了一颗，您就罚我好了！”

“那……那……你说，我的胡须究竟有多少根？快，快回答我！”

阿凡提一手举起毛驴的尾巴，一手指着国王的下巴，说道：“您的胡须恰好同我的毛驴尾巴上的毛一样多呀！”

国王拍着桌子，叫道：“岂有此理，不对，简直胡说！”

阿凡提不慌不忙地说道：“陛下要说对不对，请您还是先数数自己的胡须，再数数我的毛驴尾巴上的毛吧。您一根一根地数过，就知道我答得不错了。”

国王听了，一句话也说不出来。

寻找智慧

国王听说自己的百姓中有位名叫阿凡提的，这人富于智慧，学问渊博。于是，有一天，便带了左右丞相，去访问阿凡提。

“阿凡提，你脑子里的智慧，是打哪儿学来的呀？”国王问。

“是我不辞劳苦地寻找来的。”阿凡提说。

“智慧还能寻找得到吗？”

“是呀，我的陛下！”

“告诉我，你打哪儿寻找来的？”

“嗐，容易极啦，陛下去扛一把坎土镘[①]来，跟我走就行啦。”

这可把国王高兴死了，他暗暗想：自从我当了国王，百姓们都说我昏庸无能，说我是个糊涂国王。说真的，我的智慧是有限的。这回，我要是找到智慧，一定把脑袋装得满满的，还要带两箱子回去，藏在宫里，等我的儿子长大了使用。想着，立即命丞相拿一把坎土镘来，随着阿凡提去寻找智慧。

---

① 坎土镘：维吾尔族刨土用的农具。

阿凡提领着国王，走着，走着，来到了一块荒滩上。阿凡提脱掉袷袢[①]，瞅着国王说："尊敬的国王，请脱下王袍，抡起来吧。"

国王只好脱掉王袍，拿起坎土镘挖起来。可是一挖不见智慧，二挖不见智慧，三挖还不见智慧，手上已经打起血泡，真把他激怒得胡子如同乱草，眼睛瞪得有茶杯大，连声问："怎么不见智慧呢，阿凡提?"

"急躁不得，我的国王。挖呀，挖呀！今秋把这块荒地开开，明春种上智慧，夏天就有收获了啊。"阿凡提漫不经心地说，一面又抡起坎土镘来。

"你说的智慧莫非是粮食吗?"国王又问。

"不假，不假。"阿凡提回答说，"倘若陛下宫里没有老百姓用血汗换来的粮食，陛下今天怎么会有这种毛病，会来跟我寻找智慧呢?"

以上六则赵世杰翻译

避雨奇遇

国王约阿凡提同去打猎。国王和卫士们骑着骏马，却给阿凡提骑了一匹懒洋洋的马。他们走着走着，来到戈壁滩上。这时正是中午时刻，忽然刮起一阵大风，霎时浓云密布，电光闪闪，雷声隆隆，倾盆大雨下将起来。国王和卫士们赶着马没命地向京城跑去。路上雨越下越大，国王和卫士们的衣裳都淋得水叽叽的。阿凡提骑的那匹懒马，一听见雷声轰隆隆地响，就趔趔趄趄地不往前去，阿凡提看此情形，就一蹦跳下了马，把身上衣服脱光，小心翼翼地折起来，掖在马鞍子底下。不一会儿，雷停雨住，云消日出，阿凡提不慌不忙地穿上衣裳，骑在马上，慢吞吞地往京城走去。到了王宫，国王一看，非常诧异，问道："阿凡提，你的衣裳为什么干爽爽的，一滴雨珠也没落上呀？莫非你有什么防雨妙法么?"

阿凡提笑了笑说："不，陛下，你们躲雨逃走之后，雨也就跟在你们屁

① 袷袢：维吾尔、塔吉克等民族的男式对襟长袍。

股后面赶过去了。我骑的那匹懒马，把我带到一座景色异常动人的大花园里。那花园呀，真够得上是世间最美丽的花园——百花怒放，万紫千红，绿树成荫，香气馥郁；鲜果累累，黄莺在翠绿的枝头啼唱；渠水泱泱，小鱼在澄清的水波中嬉游。我呀，就在那儿享了一阵福回来了。”

国王听得目瞪口呆，十分惊奇，很想到那花园里游赏游赏。

第二天，国王又邀阿凡提同去打猎。这回他让阿凡提骑上自己的骏马，自己却骑上阿凡提骑过的懒马。走着走着，到了戈壁滩上，正要动手打猎时，忽然又是狂风大作，乌云翻滚，眼看大雨就要下来。阿凡提扬鞭在马屁股上抽了两鞭，马飞跑起来，转眼工夫就到了京城里面，身上未落一滴雨。国王骑的那匹懒马听到轰隆隆的雷声，又是踟蹰不前。国王用脚踢，用鞭子打，它还是一动不动。雨哗、哗、哗，一个劲地下。国王气得龇牙咧嘴，毫无办法，只好站在大雨里挨淋。等到雷停雨息，懒马才驮着国王，颠颠拐拐地来到京城里。

国王一见阿凡提，便怒气冲冲地说：“咳！阿凡提，你是何等样人，竟敢对国王胡说八道？”

“不，陛下，”阿凡提笑眯眯地说，“要是您跟我一样，把衣裳脱下来掖在屁股下面，您的衣裳上是绝不会落上一滴雨的。”

赵世杰　阿·冬妮亚翻译

种　金　子

阿凡提借来几两金子，骑着毛驴到野外，就坐在黄沙滩上细细地筛起金子来。不一会儿，国王打猎从这儿经过，看见他的举动很奇怪，便问道：“喂，阿凡提，你这是干什么呐？”

“陛下，是您呀！我正忙着哩，这不是在种金子吗！”

国王听了更加诧异，又问道：“快告诉我，聪明的阿凡提，这金子种了会怎样呢？”

“您怎么不明白呢?”阿凡提说，“现在把金子种下去，到居曼日[1]就可以来收割，把头十两金子收回家去了。”

国王一听，眼睛都红了，心想：这么便宜的肥羊尾巴能不吃吗?他连忙赔着笑脸跟阿凡提商量起来：“我的好阿凡提！你种这么点儿金子，能发多大的财呢?要种就多种点儿。种子不够，到我宫里来拿好了！要多少有多少。那就算是咱们俩合伙种的。长出金子来，十成里给我八成就行了!”

“那太好啦，陛下!”

第二天，阿凡提就到宫里拿了两斤金子。再过一个礼拜，他给国王送去了十来斤金子。国王打开口袋，一看金光闪闪的，简直乐得闭不上嘴。他立刻吩咐手下，把库里存着的好几箱金子都交给阿凡提去种。

阿凡提把金子领回家，都分给了穷苦人。

过了一个礼拜，阿凡提空着一双手，愁眉苦脸地去见国王。国王见阿凡提来了，笑得眼睛眯成一条缝，问道：“你来啦！驮金子的牲口，拉金子的大车，也都来了吧?”

“真倒霉呀!”阿凡提忽然哭了起来，说道：“您不见这几天一滴雨也没下吗?咱们的金子全干死啦！别说收成，连种子也赔了。”

国王顿时大怒，从宝座上直扑下来，高声吼道：“胡说八道！我不信你的鬼话！你想骗谁?金子哪会干死的?”

“咦，这就奇怪了!”阿凡提说，“您要是不相信金子会干死，怎么又相信金子种上了能长呢?”

国王听了，活像嘴里塞了一团泥巴，再也说不出话来。

赵世杰翻译

[1] 居曼日：星期五，是伊斯兰教做大礼拜的日子。

阿凡提和国王

在严寒的冬天，一日，京城内敲锣打鼓，宫廷里的传令官向人们吆喝道："大家听着！国王陛下的圣旨传下来了：谁如果今晚上，能赤着身子在城墙上坐一夜的话，那他就将得到国王的公主和一半江山……"

阿凡提听到这个消息，心想：我不妨试一下，捉弄捉弄这个要捉弄百姓的国王。于是，阿凡提走到宫里，对国王说："最尊贵的人，我愿意在城墙上过夜。"

国王听了阿凡提的话，很感惊奇，便对手下人说："你们把他的衣服脱光，让他上去，他一定会冻死的。哼，愚蠢的家伙！"

阿凡提说："陛下，请你的仆人在城墙上放一块石头吧！"

国王说："傻瓜，你要石头干什么呵！"

阿凡提说："这是我的秘密，没有石头的话，我是不上去的。"国王答应了他的要求。

仆人们遵照国王的意思，脱去了阿凡提的衣服，让他上到城墙顶上，同时给上边送了一块很大的石头。完了，仆人们便拿掉了梯子，都这样想道："天气这么冷，他一定会冻死的！"

这一夜，天气特别寒冷，可阿凡提却有办法防寒。他并不在一个地方蹲着，而是把那块石头，一会儿推过去，一会儿滚过来。就这样，他度过了一个严寒的夜晚。

第二天早晨，当国王和他的大臣们来到城下的时候，只听阿凡提不停地喊道："哎呀，好热，真是热极了呀！"仆人们把衣服递给他，阿凡提便走下城墙，对着国王说："尊贵的陛下，我赤着身子度过了一个严寒的夜晚。你现在应该遵守诺言，把你的女儿和一半江山给我了。"

国王哪有这份真心呢，他不过想开开心，才想出了这个把戏。谁知，阿凡提当真没有冻死。国王被问得无话可答，半晌，才又狡猾地问道："喂！阿凡提，你晚上看见月亮了没有？"

阿凡提说："是的，我看见了月亮。"

国王把脸一变，厉声地吼道："唔，原来你违背了我的条件，是借着月亮的光暖和你的。来人呀，给我把这个骗子赶出去!"就这样，阿凡提被赶走了。

阿凡提满腔怒火，觉得在城里再也待不下去了，便搬到荒野，在一口井的旁边住了下来。

在一个炎热的夏天，国王和他的大臣们，整整在荒野打了一天猎，只觉口渴得要命。为了找到一口水，便在荒野里乱跑着。这时，国王忽然发现了一户人家，便跑上前去，厉声喊道："喂，房主人在哪儿？快出来接待客人!"

阿凡提走出来说："公正的陛下，在我的家里，你需要什么，就尽管说吧。"

国王怒喝道："水！快要把我渴死了。"

阿凡提说："唔，要水呵，那我就去提来。"

阿凡提向井边走去，他没有打水，却把水桶上的绳子解下来，埋在沙土里，自己坐在井边。

半晌，国王等得着急了，就命他的随从找阿凡提。很快，那人就回来了，对国王说："国王陛下，阿凡提说：'让你们这群傻瓜，自己到井边来。'你听这算什么话呀?"

国王怒骂了一句："混蛋!"只好带着随从一起奔井边而来。国王一见阿凡提，便怒气冲冲地说："蠢材，你给我打的水在哪儿?"

这时，阿凡提不慌不忙地用手指着井口道："聪明的陛下，你往井里看。"国王不解地看了看井里的水，大吼道："傻瓜，水的闪光怎么能使我解渴呢?"

阿凡提看着国王那副凶狠、愚蠢的样，不觉失笑道："唉，陛下，在寒冷的晚上，月亮的光既然能给我暖和，那为什么水的闪光，就不能使你解渴呢?"国王被问得目瞪口呆，一句话也说不出来。

西北民族学院维文班翻译

真的没有了

国王和大臣打猎回来，热得浑身流汗，口干舌燥。两人打着马赶到了阿凡提家门口。大臣也不下马，就喊道："喂，老百姓！快把酸奶子端出来，快掺上冰凉冰凉的冷水！我们渴坏啦。"

阿凡提不慌不忙地空着手走出来，慢慢地行了礼，才开口说："上午我干了半天活，也渴坏啦。家里的酸奶子，我已经统统喝光了，现在一滴也没有了。"

国王和大臣十分扫兴，只好走了。当他们已经走得很远很远的时候，阿凡提忽然提着一个盛酸奶的罐子，站到屋顶上高声大叫："回来！请——你——们——回——来——！"

国王和大臣一眼看见那只罐子，高兴极了，立刻拉转马头，飞奔回来。等两人又到了门口，阿凡提站在屋顶上，把罐子倒过来，对他们说："实在对不起，请您看看这罐子，酸奶子真的没有了！"

庄稼汉的力量

国王想知道老百姓当中，有没有比自己还有力量的人，于是叫来阿凡提问道："纳斯尔丁！你骑着毛驴，走遍了城市和乡村，你看见过老百姓中间，有比我还有力量的人吗？"

"当然有，多的是呢，陛下！"阿凡提说。

"他们是谁呀？"国王感觉十分奇怪。

"就是那些种地的庄稼汉呀！"阿凡提回答。

"胡说！我当是谁呢！抡坎土镘的庄稼汉有什么了不起的，他们怎么会比我还有力量。"

"他们比您强得多！"阿凡提说，"要不是他们给您粮食吃，您还会有什么力量呢？"

“好极啦!”

有一年冬天，阿凡提修了间暖房，种上了其里盖[1]。其里盖熟了，阿凡提挑了几个好的，拿去卖给国王，想多卖几个钱。哪知道国王收下了其里盖，一个钱也没给，只是满口的夸奖他是个好百姓，还连说了三声“好极啦!”

阿凡提出了王宫，肚子饿得咕咕直叫，可是身上半文钱也没有。他想了一想，便走进一家饭馆，要了二十个羊肉包子吃了。

“好极啦，好极啦，好极啦!”阿凡提吃完包子，大声喊了三声“好极啦”，站起身就往外走。

“钱呢?”饭馆老板喊道，“你还没付钱呐!”

“怎么?刚才不是给你了吗!”阿凡提装作十分惊奇。

老板不由分说，一把拉住阿凡提去见国王。国王听说阿凡提吃饭不付钱，生起气来，骂道：“你凭什么白吃人家的包子?”

“我没错，我的陛下!”阿凡提说道，“这个老板太贪心。我不过吃他二十个包子，就把刚才您买其里盖付给我的三个‘好极啦’全都给了他。他怎么还想要钱呢?”

国王听了，半句话也说不出来。

国王的灵魂

一天，国王和阿凡提闲谈，国王问道：“依你看，我死后，我的灵魂是上天堂还是下地狱呢?”

“您的灵魂一定下地狱。”阿凡提说，“我早已替陛下算好了。”

国王气得两眼冒火，骂阿凡提胡说。

---

① 其里盖：一种成熟期很短的香瓜。

"别生气，您听我说，"阿凡提说，"这是因为您把应该上天堂的人杀得太多了。天堂已经让他们住满了，再也容不下您啦！"

以上四则赵世杰翻译

城里的疯子

一天，阿凡提从城里回来，半路上碰见一位平民装束的陌生人。陌生人上前搭话道："请问您从哪儿来？"

"我从城里来。"

"城里的情况怎么样？"

"甭提啦！那算是什么城市呀！又脏又乱，到处都是饥饿。"

"城里的国王怎么样？"

"你想想看，他治理下的国家就是那个样子，他自己还会怎么样呢？当然是个荒淫无度、昏庸无能的暴君了！"

说到这里，陌生人突然脸色一沉，声色俱厉地说道："你知道我是谁吗？"

"不知道。"

"我就是这个城堡的国王。每个礼拜我都要到民间私访一次，今天你犯了欺君之罪！"

"您知道我是谁吗？"阿凡提毫无惧色地反问道。

"不知道。"国王答道。

"感谢真主！"阿凡提说道，"我就是城里的疯子，我正好跟您一样，每个礼拜犯一次疯病，今天正是我失去理智的那一天，所以对您讲了真话，决无欺君之意，尊敬的陛下。"

张世荣翻译

驴叫得好听

国王爱写诗。他胡诌了一通，拿给阿凡提看。阿凡提读后，建议说：“陛下，这填词作赋的事，您让诗人去干，您还是做您的国王吧。”

国王恼羞成怒，下令道：“拉出去拴到驴圈里！让这个不通音律的呆货去听驴叫吧！”

阿凡提被关了一个礼拜之后，国王想：他呛了这口水，这一次该会赞美我的诗了吧？就把阿凡提叫出来，并且高声地朗诵一首新作给他听，而后问道：“怎么样，阿凡提，这一首好吗？”

阿凡提不吱一声，转身往外就走。国王叫住阿凡提，问：“您到哪里去？”

“到驴圈去，陛下，还是驴叫得好听！”阿凡提回答说。

千 里 马

国王想骑会飞的千里马，就向阿凡提讨教。阿凡提献计道：“千里马在于调养。咱们从您优良的马群里挑选一匹最好的马，耐心地调养十年，那马就会长出翅膀，成为千里马了。”

国王一向钦佩阿凡提的智慧，相信了阿凡提的话，问道：“调养这种马需要什么东西呢？”

“不需要什么更多的东西，”阿凡提道，“只需五百金币和十年的时间就可以了。”

国王让阿凡提选了一匹好马，又给了他五百金币。

阿凡提回到家里，把事情的经过讲给妻子听。妻子很惊恐，道：“嗐，你这个人呀，哪有马长翅膀的事情呢？你这是自找倒霉！”

“不要担心，老伴。”阿凡提说，“咱们把马使用上三四年以后，就把它育肥，宰了做成冻肉。愚蠢的国王既然相信马会长翅膀，当然也会相信它提前长出翅膀飞掉的。”

以上两则卜昭雨翻译

当了官瞎了眼

阿凡提有个朋友，年轻时两人很要好，天天在一块玩儿，谁也舍不得离开谁。后来，那个朋友在京城里当了大官，阿凡提很高兴，特地从家乡跑去找他。

可是，朋友生怕一个老百姓和自己攀起交情来，会给自己丢人，就装作不认识阿凡提，见了面装模作样地问道："你叫什么名字，见我有什么事啊？"

阿凡提一听，可气坏啦，立刻说道："我叫什么？我叫纳斯尔丁，是你年轻时候最要好的朋友。我听说你眼睛有毛病，特地来看你。原来你当了官就瞎了眼啦！"

县官和狗

县官命令阿凡提给他找一只性子暴烈、能咬人抓人的狗。过了几天，阿凡提给他送来一只老实驯顺、见了人叫也不叫的狗。县官很不满意，生气地对他说："阿凡提，你长耳朵没有？我交代你要什么样的狗，都没听见吗？"

"怎么没听见。什么狗到了您这里都一样。"阿凡提说，"只要它跟您几天，不必说抓人咬人了，就连怎么打开人家装钱的箱子，它也学得会呀！"

以上两则赵世杰翻译

戏弄县官

阿凡提的一个同乡在另外一个城市当了县官。有一次阿凡提也到了这个城市，县官一听说，就把他请到家里，做了饭端到他的面前。可是并不请他吃，一个劲问起家常来了：

“我的孩子怎么样啦?”

“比你希望的还要好。”

“他的母亲还健康吗?”

“很好，身体很健壮。”

“我的小花狗还在吗?”

“无论谁，它也不让进你的房子。”

“我的枣红马怎么样呢?”

“没有人不爱那匹种马的。”

县官的话把阿凡提弄得很不耐烦，也不让他吃饭，还命令听差把饭端走。阿凡提挡住盘子不让拿，县官还继续地问：

“我的小花狗没有病吗?”

“可惜在我出门的时候已经死了。”

“为什么？怎么死的?”

“给你的枣红马剥皮的时候，在它的咽喉上踢了一下就死了。”

“咳！我的马也死了，是怎么死的?”

“因为把你妻子驮到坟墓去的时候压死的。”

“我的老婆也死了，哎呀！她是怎么死的?”

“因为你儿子死时她伤心过度了。”

“哎呀！老天呀！我的眼珠、心肝也死了，他是怎么死的呢?”

“你房子的墙倒了给砸死的。”

“我的房子也坏了，哎呀天呀!”县官喊着就倒在地上大哭起来。

阿凡提趁这个时机把饭吃饱了。然后，他站起来对县官说：“再见吧！

在你有喜事的时候不叫我吃饭，在你有丧事的时候我才能饱餐一顿。”说着就扬长而去。

许力翻译

胡大的嘱咐

阿凡提很穷，常常要挨饿。有一天，他走到巴扎上，边走边嚷道：“我是胡大的使者，我是胡大的使者。”

他的喊声给在巴扎上巡查的衙役听见了。衙役们连忙报告县官，县官马上叫人把阿凡提请到衙门里来，问他道：“你是胡大的使者，胡大有什么嘱咐要你告诉我吗?”

“胡大嘱咐我不少好事哩!”阿凡提说，“先拿点吃的东西来，肚子饱了好谈。”

县官听见有好事告诉他，连忙叫手下人端来了很多食物。阿凡提慢慢地吃，吃饱了以后，才说道：“胡大嘱咐我说：阿凡提，县官老爷搜刮老百姓的东西可真不少，弄得你们什么也没有了。你就上他那儿吃饭去吧!”

奇怪的商队

一天，阿凡提有事进城，刚进城门口，就看见县官、喀孜、巴依、乡约①四个人坐在礼拜寺门外闲谈。

“进城来啦，阿凡提!”四人中间有一个认识阿凡提，就和他打招呼。

“是呀，我进城来啦!”阿凡提随口回答。

“来，来，阿凡提!”这个人又叫道，“给我们说一件有趣的事解解闷好吗?”

---

① 喀孜：宗教法官；巴依：即财主；乡约：相当于乡长。

"对不住，我没工夫。"阿凡提认识这四个人是谁，可装作不知道似的说："刚才我在城外，遇见一个商队，赶着四匹骆驼，驮的满是货物，说是要卖给县官、巴依、喀孜和乡约的。我这是去找他们呢！"

这四个人听了，连忙问道："阿凡提，你知道他们带来的是些什么货物么？"

"我问过了。"阿凡提说，"第一匹骆驼驮的货是奸诈，说是给乡约的；第二匹骆驼驮的货是吝啬，说是给巴依的；第三匹骆驼驮的货是贪污，说是替喀孜预备的；第四匹骆驼驮的货是残暴，说是给县官最合适了。"

四个人听了不明白，又问道："你说了半天，这是个什么商队呀？那四匹骆驼又在哪儿呀？"

"这是个奇怪的商队，这四匹骆驼不就在我面前吗！"阿凡提说完，丢下他们，朝城中心走去了。

伯克[1]坐船

伯克从来没坐过船。有一回，他生平第一次和阿凡提坐船渡河。船到中流，起了点小风浪，伯克害怕得要命。他战战兢兢地紧紧拉住阿凡提的衣襟，连声哀求道："阿凡提，好阿凡提！我的心都要跳出来了，快想个办法让我别害怕呀！"

"办法倒有一个，谁知道你愿意不愿意呢？"

"愿意，怎么会不愿意，阿凡提！"

"好吧，那你就先下水去吧！"阿凡提说着，一把就将伯克推到河里去了。伯克沉下去又浮起来，浮起来又沉下去，这样好几次以后，阿凡提才揪住他的头发，把他拖上船来。

伯克这次上了船，倒也不害怕了。阿凡提问他道："怎么样，还害怕吗？"

---

① 伯克：相当于区长的官员。

“不害怕啦，不害怕啦，我现在挺舒服啦！”伯克说。

“是呀！”阿凡提说，“没徒步走过路的人，体会不到骑马的好处；没下过水的人，体会不到船上的安全；顿顿吃抓饭的伯克，哪儿能懂得穷人挨饿的苦处！”

伯克听了，好像被阿凡提当头打了一棒，只好闷声不响。

它骂你也是一只狼

有一个伯克，从狼口里救下了一只绵羊。绵羊乖乖地跟他回家来。可是才到家里，伯克就动手宰羊。绵羊拼命地叫，惊动了隔壁的阿凡提。

阿凡提走过来看。伯克对他说：“这头绵羊是我救出来的。”

“怎么它还骂你呢？”阿凡提说。

“它骂我什么？”

“它骂你也是一只狼。”

以上四则赵世杰翻译

早死了好

有个千户长[1]，吃羊肉的时候，被一根羊骨头卡住了喉咙，吐不出来也吞不下去，痛得要死。找了许多许多医生，谁也没有办法给取出这块大骨头来。最后只有派人去请阿凡提。

阿凡提交给去请他的那个人一封信，说给千户长一看，比吃什么药都灵验。

那个人拿着信，飞奔回去把信交给千户长。千户长看了信，大叫一声，两眼翻白，就死了。人们拿过信来看，原来阿凡提这样写道：“千户长，你

---

① 千户长：管辖一千户的官员。

干了一辈子的坏事，就连你今天吃的这只羊，也是从穷人家里牵来的。羊骨头卡死你，还是你的便宜。你还等什么？还要治什么病？你还是早早死了好!”

胡大是放高利贷的

阿凡提忽然有急用，需要十块钱，可是借也借不着。阿凡提没办法，只好半夜里向胡大祷告道：“啊，胡大！求您开开恩，赐给我几块钱吧！要是您不肯白给，就是借给我也好呀!”

阿凡提还没祷告完，就听见有人敲门，还敲得很急。阿凡提一边继续祷告，一边给妻子使个眼色，叫她去开门。门开了，一看，原来是百户长①来了。

“阿凡提!”百户长说，“我们村上要修礼拜寺，胡大保佑，派你出五块钱。”说着，马上逼阿凡提交出钱来。

阿凡提大吃一惊，叹口气道：“哎，胡大原来是个放高利贷的呀！钱还没借给我，就已经来收利息啦!”

以上两则赵世杰翻译

真不像话

一天，阿凡提躺在一棵大核桃树下乘凉。心想：“真主的理智也不能说是健全的，您看，他让这么粗壮的大树结出驼眼似的小果实，却让细小的瓜蔓结出那么大的西瓜和甜瓜。这算什么呢？唉，真不像话!”

恰巧这时，一个核桃从枝上落下来，砸在阿凡提的头上，打破了他的额头。

“我真佩服真主的理智!”阿凡提捂着额头道，“他是有意不让青蛙长尾

---

① 百户长：管辖一百户的官员。

巴的呀，如果是西瓜那么大的核桃砸在头上的话，我就没命了!”

卜昭雨翻译

让胡大赐给你

阿凡提坐在自家房顶上读书，一位云游四方的食客来到门口，“当当当”敲了敲大门。

“有啥事呀?”阿凡提走到屋檐前，问道。

“请您从屋顶上下来。”那人说。

阿凡提走下屋顶，问他有什么话要讲。那人直截了当地说：

“阿凡提，你就像巴依老爷们那样慷慨大方，给我一些施舍吧!”

“好哇，你跟我来。”阿凡提从从容容地带食客顺着梯子爬到房顶上，不紧不慢地说，“我是个穷光蛋，家中拿不出什么像样的东西。你要索取的施舍物，还是去向胡大祈祷吧。再见!”

“啊!”那人气愤地说，“你的这番话，刚才在门口讲不就得了吗!”

“嘿嘿，”阿凡提冷笑着说，“你要求我给你一些施舍，你不要唤我下房顶，站在门口讲一讲，不也就得了吗!”

“等等”留给丈夫

阿凡提当喀孜时，有个巴依领着妻子来到喀孜堂，说他要跟妻子离婚。阿凡提问巴依：“你为什么要跟她离婚?”

“为了讨个比她更年轻貌美的妻子呗!”巴依耸耸肩膀，傲慢地说道。

“好哇，好哇!”阿凡提瞟了一眼巴依说，“那么你讲讲，你们家里都有些什么财产，我根据《古兰经》上的规定，给你们做个公平的分配。”

巴依为了难倒阿凡提，自己独霸财产，翻了翻眼睛，按事先准备好的说道："我们家里有：院落等等[1]，绵羊等等，被子等等，面粉等等……"

阿凡提听毕，立即宣判道："院落分给妻子，等等留给丈夫；绵羊分给妻子，等等留给丈夫；被子分给妻子，等等留给丈夫；面粉分给妻子，等等留给丈夫……"

巴依听了，哑口无言，只好灰溜溜地走开了。

送到地狱

一日，喀孜的儿子比比画画、指指点点地奚落阿凡提说："阿凡提，昨天夜里我做了个梦，梦见我爸爸威风凛凛地骑着峰骆驼；而你呀，却给我爸爸牵着驼缰，颠颠簸簸，哼哧哼哧地徒步行走着！"

"嘀，这是件多么不容易碰到的美差事呀！"阿凡提眉飞色舞，脱口说道，"那是我拉着你爸爸骑的骆驼，径往地狱，亲自送他到他的归宿所！"

以上三则赵世杰翻译整理

胡大也有难处

一天，阿凡提到喀孜家里去做客。席间，有一位城里来的巴依搜肠刮肚地对喀孜进行肉麻地吹捧，那巴依说道："喀孜先生，我昨天晚上做了个梦，梦见胡大正在向天上的仙女们赞美你渊博的知识，高尚的品德，公正的裁决……"

阿凡提立即接过话题说道："喀孜先生，从胡大对您的恭维来看，好像最近他也有什么难处，想求您帮个忙呢！"

张世荣翻译

---

① 院落等等：维吾尔语复合词构词格：前一个是实词，后一个是根据前者的语音结构造成的音组，两者结合起来表示泛指。但单独说出音组时，不指任何具体事物。

喀孜的祈祷

一天，村里的伯克告喻全村村民：喀孜到我们村来了，所有的人都要交纳乌什尔·扎卡特[1]，富者交羊，贫者交鸡，以便请喀孜做祈祷。阿凡提读了告示以后，用手帕包了两个鸡蛋去交。邻人见了，道："阿凡提，这可不行，最起码也得交一只鸡。否则，喀孜祈祷时会把您漏掉的。"

"真有意思，"阿凡提道，"喀孜做祈祷真可谓'寸柴（财）不漏'，怎么会把我这么大的一个人漏掉呢？"

喀孜的亲戚

一天，阿凡提牵着驴走路，遇见了喀孜。喀孜欲取笑阿凡提，说："阿凡提，您的两位朋友这是到哪里去呢？"

"您好，阁下，您朋友说：'我烦死了，随便带我到那个亲戚家去玩玩吧。'这不，我正带它到您家里去呢，可巧半道上遇到您了，我也省得跑路了。"阿凡提回答说。

威　胁

阿凡提到喀孜诉讼处去办事。诉讼处的人把他的褡裢藏起来了。阿凡提威胁喀孜，说："喀孜，您最好是把我的褡裢找回来。否则，我是什么事都干得出来的！"

喀孜害怕阿凡提扫自己的面子，就把褡裢找回来，交给了阿凡提，并且问道："阿凡提，请您说说，如果不给您把褡裢找回来的话，您要干什么呢？"

---

① 乌什尔·扎卡特：伊斯兰教的赋税。

“我佩服您的胆量。”阿凡提说，“我能干什么呢，用家里的破毯子再缝一个褡裢呗!”

以上三则卜昭雨翻译

取　名

一日，村子上的伊玛目①来阿凡提家做客。伊玛目是个异常贪婪的人，他望着各种各样好吃的食物，眯缝着眼笑着，垂涎欲滴地说道：“阿凡提，这也可以吃，那也可以吃。我来一样一样地尝尝吧!”

说着，伊玛目把摆在餐布上的各种食品，狼吞虎咽地吃了个一干二净。正当他吃完擦嘴时，阿凡提有个五岁的儿子，蹦蹦跳跳地走进了屋里。

“这是你的儿子吗?”伊玛目问道。

“是的，阁下!”

“叫什么名字呀?”

“盘热孜②。”

“嗨！哪有以‘盘热孜’给孩子取名的哩?”

“阁下，您不是说‘这也可以吃，那也可以吃’吗?”阿凡提指着伊玛目鼓起的肚皮，毫不遮掩地说，“我怕您把我的娃娃也吃掉，才特意为他取了这个名字呀!”

赵世杰翻译整理

请捎上我的长袍

巴扎天，阿凡提卖了驴，步行而回，路上遇见了从巴扎上骑马而归的伊

① 伊玛目：清真寺里主持日常祈祷的人。
② 盘热孜：意为“禁忌”。

玛目。

“阁下，我是步行的，请把我的长袍捎在您的马上吧。”阿凡提央求说。

“可以，”伊玛目说，“捎到哪里呢?”

“捎到我们村。”

“到了你们村，交给谁呢?”

“当然交给我本人啰。”

伊玛目不解地问：“在您赶到之前，我要一直在那里等您吗?”

“不，阁下，长袍里面就有我呀。您把它扔给我，只管走您的路好了。”阿凡提回答说。

卜昭雨翻译

还要外套干什么

几个阿訇商量好了，要骗阿凡提的羊来吃。他们到了阿凡提家里，就一齐嚷道：“完了，完了！世界末日明天就到了。千万别让你辛辛苦苦喂大的绵羊白白扔了，咱们今天就来帮你吃了它吧!”他们拥上前来，七手八脚就把阿凡提的绵羊宰了。

“请吧，请吧，”阿凡提说，“世界末日到了，还留着羊干什么呢。请你们脱了外套，先到后园里乘乘凉吧，我来煮羊肉。”

阿凡提点上柴火，支上锅，就忙了起来。阿訇们高高兴兴地脱了外套，嘻嘻哈哈地一齐到后园去了。

阿訇们一走，阿凡提先把羊肉收起，再把他们的衣服，统统拿来堆在柴火上烧起来。等到阿訇们回来吃羊肉的时候，外套已经都烧成灰了。阿訇们又一齐嚷了起来：“阿凡提！我们的外套呢?”

“我的阿訇!”阿凡提不慌不忙地说，“不是明天就是世界末日了吗？你们还要外套干什么呢?”

给大阿訇理发

阿凡提当理发匠，大阿訇来剃头，总是不给钱。阿凡提很生气，想狠狠整他一下。

有一天，大阿訇又来理发了。阿凡提先给他剃光了头，在给他刮脸的时候，问道：“阿訇，您要眉毛吗？”

“当然要！这还用问！”阿訇说。

“好，您要我就给您！”

阿凡提说着，飕飕几刀，就把阿訇的两道眉毛刮下来，递到他手里。

大阿訇气得说不出话——谁让他自己说过“要”呢？

“阿訇，胡子要吗？”阿凡提又问。

“不要，不要！”大阿訇连忙说。

“好，您不要就不要。”

阿凡提说着，又飕飕几刀，就把大阿訇的胡子刮下来，甩在地上。

大阿訇对镜子一看，自己的脑袋和脸都刮得精光，简直就像个光溜溜的鸡蛋。这一下他可气坏了，就大骂起来。

“得啦，得啦，您还生我的气吗？”阿凡提说，“这不都是遵照您的吩咐做的吗？要是能依我的话，不要说眉毛胡子，连您的头发，我本来也不愿意剃哩！”

以上两则赵世杰翻译

智　慧

有人向阿凡提吹嘘新近来到他们居住区的喀孜，说：“他是一个很聪明、很有智慧的人。”

“可能的，”阿凡提说，“因为他很少用他的智慧，所以他脑子里充满了智慧。”

李提甫　乔家儒　陈桂兰翻译

别找死

喀孜骑着高头大马在路上走，碰上阿凡提从巴扎上回来。阿凡提向他行了礼，问道：“祝您平安！您这是往哪儿去呀？我的喀孜。”

“我去胡大的天园[①]里游玩。”喀孜吹起牛来，“怎么样，你也跟我去享享福吧？”

“哎呀，我要去也不跟您去。”阿凡提说，“我劝您还是别去吧。依我看，您还是不去的好！”

“怎么，我为什么去不得？”

“我的喀孜，莫非您忘了吗？您不是对我们说过：做尽坏事的人，胡大是不会饶过他的。您要遇到胡大怎么得了。我这是替您担心呢，您千万可别找死呀！”

领我去见胡大吧

有一天，阿凡提用一块白布蒙住眼睛，假装双目失明，到一位喀孜那儿去。喀孜知道他素来不相信胡大，便乘机教训起阿凡提来：“看，谁让你不相信胡大，这不是胡大夺去了你的目光了吗？不过，胡大是仁慈的，快跪下忏悔你的罪恶吧！只有他能救你了。”

“哈哈，那太好了。”阿凡提一把撕下了眼上的白布，瞪着喀孜说，“劳驾，领我去见见胡大吧！”

喀孜吓得连连后退，叫道：“这……这……这……”

---

① 天园：天堂里的花园。

知　道

清真寺要阿凡提去讲道。阿凡提走上清真寺的讲台，对大家说：“我要跟你们说什么，你们知道么?”

“不，阿凡提，我们不知道。”大伙说。

“跟不知道我要说什么的人还说什么呢?”阿凡提说完，下了讲台就走了。

过了些日子，阿凡提又来到清真寺，站到讲台上，说道：“喂，乡亲们!”他又把上回那句话重问了一遍。清真寺里的人们想：上回我们说不知道，他没把话说出来，那我们这次就说知道吧，阿凡提也许能告诉我们，这样才合道理。他们就异口同声地说：“我们知道啦。”

“你们知道了，那我还说什么呢?”阿凡提又走了。

清真寺里的人们又坐下来商量：“我们说不知道他不说，我们说知道他也不说，他要是再来的话，那我们就一半人说知道，一半人说不知道，那个臭要饭的就会告诉我们了。”他们就这么商量好了。

阿凡提又来了，把前回的问题重复问了一遍。围拢在他跟前的人们说：“我们一半人知道，一半人不知道!”

“那样的话，知道的人就告诉不知道的人吧。”说着阿凡提就离开清真寺，走了。

李提甫　乔家儒　陈桂兰翻译

洒油扫院

阿凡提小时候，天天要给村上的巴依打扫院子。巴依的规矩是工钱到年底才给，可是就这样，他还要想法子不给阿凡提工钱。这一年，除夕又到了，巴依一早就把阿凡提找来，吩咐道：“纳斯尔丁，今天你来打扫院子，不准你洒一点水；可是，扫完了，院子还得湿漉漉的。你要是办不到，就休想领今年的工钱，也别想明年再给我打扫院子啦！”说完，自己就上巴扎办年货去了。

阿凡提不声不响地扫完了院子，然后把巴依贮藏室里的油葫芦统统提出来，把油倒了个一干二净，洒满了整个院子。事情办完，阿凡提坐在走廊下，专等巴依回来好领工钱。

下午，巴依摇摇摆摆地回来了，一看，阿凡提把油洒了一院子，气得脸皮发青，挺着脖子直嚷：“给我赔油！给我赔油！”

“慢着，巴依老爷！”阿凡提站起来说，“院子里没洒水，可是，哪儿不是湿漉漉的？你的吩咐我不是照办了吗？快付给我工钱。明年你就是再想请我，我也不干啦！”

巴依没话可说，只好把工钱付给阿凡提。

谁的嘴馋

有个巴依，想嘲弄阿凡提。他买了很多很多的哈密瓜，请阿凡提和许多人来吃。巴依一边不住地让大家多吃，一边偷偷把自己啃的瓜皮都放在阿凡提跟前。等到瓜吃完了，巴依就大惊小怪地叫道：“朋友们，快看哪，阿凡提跟前有多大的一堆瓜皮啊！他比咱们谁都吃得多，他的嘴多馋呀！”

“哈，哈哈，哈哈……”大家都笑起来。

“哈哈，大家都来看看，究竟是谁的嘴馋吧！”阿凡提也笑着说道，“我吃瓜还留下瓜皮，巴依吃瓜，可连瓜皮都吞下去了。你们瞧，他面前半块瓜皮也没剩下呀！”

“至理名言”

阿凡提想挣点钱养家，便带了根绳子到巴扎上，站在等着打短工的人堆里张望。一个大肚皮的巴依走过来了，喊道：“我买了一箱细瓷器，哪位给我背回家去，我就说给他三句‘至理名言’。”

短工们谁也没理他。阿凡提却动了心，他想：钱，哪里挣不到？“至理名言”却是不容易听到的，还是替他背了东西，听听他那三句话，长长我的智慧吧。阿凡提就站出来，背起巴依的箱子跟他走。

走着，走着，阿凡提请巴依开始说他的“至理名言”。于是巴依说：“好，你听着！要是有人对你说‘肚子饿着比饱着好’，你可千万别相信呀！”

“妙，妙极了！”阿凡提说，“那么，第二句呢？”

“要是有人对你说‘徒步走路比骑马强’，你可绝对别相信呀！”

“对，再对没有了！”阿凡提说，“多么不容易听到的‘至理名言’呀！那第三句呢？”

“你听着！”巴依说，“要是有人对你说‘世界上还有比你傻的短工’，你可怎么也别相信呀！”

阿凡提听完第三句话，猛然松了手里攥着的绳子，“当……当……当……”一阵响，箱子摔在地上了。阿凡提指着箱子，对巴依说：“要是有人对你说‘箱子里的细瓷器没有摔碎’，你可真不能相信呀！”

以上三则赵世杰翻译

锅 生 儿

阿凡提在最吝啬的一位巴依家里借了一口大锅。人们都感到奇怪，巴依为什么对阿凡提这样大方？其实，巴依对阿凡提也一样吝啬，他是像放账一样租给阿凡提的。

过了些时候，阿凡提来见巴依，高兴地说：“给巴依报喜！给巴依报喜！”巴依说：“喜从何来？”阿凡提说：“巴依的大锅生了儿子，岂不是一喜。”巴依说：“胡说八道！大锅怎么能生儿子呢？”阿凡提说：“巴依不信，你看这是什么？”阿凡提说着解开一条毛口袋，果然从口袋里掏出一口小铁锅来。尽管阿凡提摆出满脸认真的神气，巴依从心眼里还是不信，可是这傻瓜既然做出了傻事，要不顺手捞他一把，岂不也成了傻瓜！巴依想到这里，不由故作惊喜地说："唔！我的大锅果然生儿子了！"阿凡提说："巴依，你说这不是大喜吗？"巴依说："当然是大喜！当然是大喜呀！"阿凡提一面小心翼翼地把小铁锅递给巴依，一面说："多漂亮的一个儿子啊！"巴依说："是啊，是啊，小家伙真有点儿像它的妈妈呢。"巴依反复地玩赏着小铁锅，嘴里发出啧啧的赞美声。

阿凡提等巴依收起了小铁锅，便向巴依告别，巴依叮咛道："以后要好好地照应我的大铁锅，让它多生几个这样的儿子。"阿凡提说声"好吧"，便回家去了。

又过了些时候，阿凡提来见巴依，悲伤地说："给巴依报丧！给巴依报丧！"巴依说："丧从何来？"阿凡提说："巴依的大锅死去了！"巴依说："胡说！大锅怎么会死呢？"阿凡提说："大锅既然能生儿子，怎么就不能死呢？"巴依听了猛醒过来，才明白阿凡提送小锅的用意，原来傻瓜不是阿凡提，倒是他自己。

巴依不甘心把大锅送给阿凡提，说："好吧，既然我的大锅死了，请你把尸首送来吧。"阿凡提说："我已经埋葬了。"巴依说："埋在哪里？"阿凡提说："埋在铁匠的熔炉里。"巴依听了，再也没心思装模作样了，就直截了当地说："别再骗人！你想骗取我的大铁锅吗？"阿凡提说："是你先骗了我的小铁锅！"

二人争吵起来，巴依怕惊动了四邻五舍，有损自己的声望，便向阿凡提让步了。他表示只要阿凡提不再提小锅的事，情愿把大铁锅送给阿凡提。巴依心想：阿凡提这该高兴了。谁知阿凡提拒绝了他，一直吵来了许多人，才拂袖而去。原来阿凡提布置这场把戏，并不是为了捞一口大铁锅，只是想借此向吝啬的巴依开心取笑而已。

报　复

过库尔班节[①]了，按风俗家家要吃油炸馓子。阿凡提家里一滴油也没有，只好到巴依家里去借。阿凡提背着油葫芦一连串了好几家，谁也不借给他。后来，他到了一家最有钱的巴依家里，这位巴依倒挺慈善，借给他满满的一葫芦油。

阿凡提回家以后，把油倒进锅里便烧起火来。不一会儿，忽然一阵臊味钻进鼻子，阿凡提掀开锅仔细一看，原来巴依借给他的不是油，而是一葫芦尿。阿凡提气愤极了，他想立刻去找巴依争吵一顿，后来不知为什么忍住了，把仇恨暗暗地埋在心窝里。

不久，假慈善的巴依得了严重的牙痛病，痛得死去活来，水不能喝，饭不能咽，两个腮帮肿得像两个大肉瘤。巴依请遍了天下名医，吃遍了名贵好药，不见效不说，病反而越来越重，眼巴巴就要丧命。这时，巴依贴出了告示，声言谁能治好他的病，就将家产的一半分给谁。

告示贴出以后，霎时传遍四方，应承的人却一个也没有。阿凡提听到这个消息，赶快跑来，他撕下告示便回家去了。谁都知道阿凡提不是什么医生，巴依还是派人来请他。因为在巴依看来，没有丝毫把握的人，是绝对不敢撕掉这张告示的。

阿凡提很快把自己装扮成医生的样子，坐了巴依的皮包车来给巴依看病。阿凡提问了一些不相干的事，便从药囊里取出一个纸包。他让巴依张开嘴，问巴依哪里最痛。巴依每指一个地方，他就把纸包里的药粉撒上一点儿，最后，索性不等巴依指点，呼啦一下把纸包里的药粉统统倒在巴依嘴里。他让巴依紧闭住嘴，说一会儿就好了。他又和巴依家里的人说了几句什么，便走了。

巴依紧闭着嘴，觉得越来越不是滋味，满嘴臭得就像掉在茅坑里。肚子

---

① 库尔班节：又称宰牲节，犹如内地过年。

里也咕噜着恶心起来，一股劲想吐。巴依再也忍不住了，满嘴黏糊糊的药浆哗啦吐了一地。巴依抹一把鼻涕和眼泪呻吟着：“天哪！这是什么药啊？”家里人说：“医生说了，这是世界上最宝贵的仙丹，还说这仙丹原出在我们家里，唯有它能治好巴依的牙痛。”巴依听了不由说：“什么？这仙丹原出在我们家里？”家里人说：“是啊，医生说，巴依曾借给一个穷人一葫芦油，巴依的慈善感动神仙，这个穷人炸过馓子以后，神仙便赐给他一种特别的油渣……”巴依再听不下去，他又仔细地看了看青黄的药浆，不由喊叫起来：“天哪！什么仙丹？明明是大粪！什么医生？明明是纳斯尔丁！快把他抓回来！”家里人听了急忙去追阿凡提，可是阿凡提早已不知去向了。

以上两则王玉胡搜集

拆我的那一层

阿凡提向一个巴依借了一百个元宝，一家人都动手，辛辛苦苦，盖了一座两层的楼房。阿凡提还没搬进去，巴依看见新修的房子很好，就打主意要把二楼弄过来自己住，算是阿凡提拿房子抵了债，阿凡提要是不答应，他就要阿凡提马上还钱。

“好极啦，好极啦！”阿凡提听了巴依的话，一点儿也没露出不愿意的样子，说道：“我正发愁怎么还债呢。这一来可好了，就照你说的办吧！”

巴依全家得意扬扬地搬到新房子的二楼上来了。过了几天，阿凡提忽然请来了七八位邻居，大家一齐抡着坎土镘拆起墙来。巴依听见楼下轰隆轰隆地响，跑下来一看，大吃一惊，叫道：“阿凡提，你疯了吗？怎么拆起新房子来了？”

“你在家里呆着吧，这和你没关系。”阿凡提一边说，一边忙着拆墙。

“怎么没关系，太有关系啦！”巴依急得直跳，大声嚷了起来，“我就住二楼呀，要是楼塌了怎么办？”

“这有什么关系？”阿凡提说，“我拆的是我那一层，又没拆你那一层。

请你好好看住你那层楼，可别让它塌下来压伤了我们呀!”说着，又抡起了坎土镘。

巴依没有办法，只好放软口气，和阿凡提商量起来：“我的好阿凡提，求你看在咱们交情的份上，把你的那一层也卖给我好吗?”

“卖吗？你给二百个元宝。”阿凡提说。

“这……这……”巴依说不出话来。

“少一个也不卖，我还是拆。”说着，阿凡提又举起了坎土镘。

“我买，我买!”巴依只好把房子买了下来。

巴依作驴

有个巴依问阿凡提：“听说你穷得日子过不去啦，要卖你的驴子。我愿出高价，卖给我吧!”

阿凡提斩钉截铁地说：“我生来不跟巴依打交道。”

“嘀!”巴依指着自己的鹰钩鼻子说，“不识抬举的货，别有眼不认巴依。我奉劝你，还是夹紧尾巴好!”

阿凡提气嘟嘟地说：“我纳斯尔丁把皇帝大臣都不放在眼里，你一个臭巴依算老几!”

“哼!”巴依气得攥着自己的胡子说，“那咱们走着瞧吧，我巴依不给你一分钱，还要把你的驴子弄到我的手里哩!”

当天夜里，阿凡提跟妻子睡得正香甜的时节，巴依鬼鬼祟祟翻过墙头，蹑手蹑脚闯进阿凡提的驴圈里。一看圈里没有驴子，正要拔腿溜走时，被阿凡提发觉，堵在驴圈里。巴依见势不妙，惊慌失措，忙把一个筐子戴在头上，把张死驴皮披盖在身上，装作驴子“藏”起来。阿凡提进到圈里，自言自语地说：“穷人的瞌睡都叫巴依撵跑啦，天亮后我还要骑着我的驴子去赶巴扎哩，现在我套上它先推些面吧!”说着，把“驴子”牵到磨坊套上，“嘟”“哧”地吆喝着，并且不住地用棍子抽打。巴依一声不响，忍痛拉着磨子，转呀，转呀，转了十圈，转了二十圈……一直到把一口袋粮食磨完，阿凡提才让他停下来，把头上的筐子一取，身上的驴皮一揭，在巴依的屁股上又狠狠戳了一棍子，说道："滚吧，牲畜！可怜可怜你，去休息休息！"

巴依羞辱难当，一没抬头，二没吭气，急忙拔腿就逃。

以上两则赵世杰翻译整理

没写字的贺信

村里有个巴依自命清高，一向喜欢结交有钱有势的人。一次，他给儿子娶亲，村里的头面人物都请到了，就是没请阿凡提。

阿凡提知道后，决心要捉弄他一番。他找来一张白纸，叠得方方正正装进信封里封了口，便带着这封信来到巴依家，亲手把信交给巴依，说道："恭喜！恭喜！城里的喀孜大人托我给您捎来一封贺信。"

巴依一听是城里赫赫有名的法官写来了贺信，顿觉身价百倍，高兴得眉开眼笑。马上把阿凡提恭恭敬敬地引进客厅，让到上席。阿凡提毫不客气地大嚼大咽，把餐布上摆的各种美味珍馐饱餐了一顿。

酒至半酣，巴依扬扬自得地当着众宾客的面，取出那封信来，说道："我今天真是太高兴啦，城里的喀孜大人专门为我写来了贺信，这是我们大家的荣幸，让我来给大家读一读。"

巴依拆开信封一看，里面夹着一张白纸。翻过来倒过去也不见有什么贺信，巴依急得满头大汗，急忙转过身来，压低声音问道："阿凡提，这上面什么也没写呀？"

阿凡提望着巴依的那副窘态，回答道："也许喀孜大人太忙啦，没顾上写点什么吧！"

张世荣翻译

世界末日

城里一个很有名望的巴依把阿凡提请到家里，问道："阿凡提，人们都说您是一位博学多才、知识渊博的人，请问，何时是世界末日呢？"

"您死后的第二天。"阿凡提回答说。

"何以见得？"巴依又问。

"何以见得呢？我是从您财产继承人的品德上知道的。您一死，他们第二天就会争夺遗产，闹得地覆天翻！"阿凡提说。

没钱的人说话不顶用

村里的巴依将阿凡提的一只羊弄进自己的羊群里。阿凡提去找，巴依却说那羊是他自己的。阿凡提去找喀孜评理，还是翻不过理来。巴依嘲笑阿凡提，说："甭自找麻烦了，你翻不过理去。有钱的人说话才顶用。"

第二天，阿凡提将巴依的五只羊捉来宰了。巴依来找羊时，阿凡提用最难听的话把巴依骂了一顿。巴依说："阿凡提，你这是干什么呢？"

阿凡提回答说："不干什么，巴依阁下，没钱的人说话不顶用！"

阿凡提的期望

村里一个吝啬的巴依患病期间，阿凡提根本没有去探望。一天，阿凡提从巴依门前路过，巴依的儿子正好站在门前。阿凡提问道："您爸爸的病怎样了？"

"感谢真主，像您期望的那样。"巴依的儿子回答说。

"那么，为什么屋里没有传出哭声呢？"阿凡提反问说。

以上三则卜昭雨翻译

我把羊还给巴依

库尔班节到了，巴依家又是宰羊又是炸馓子，拜节的人络绎不绝，门庭若市。阿凡提家却穷得连一块羊肉也没有。

阿凡提做完乃玛孜①从礼拜寺出来，路过巴依家的时候，正好有一只羊羔从圈里跑出来，站在路边上咩咩地叫唤。阿凡提心想：这真是胡大的恩赐，便把羊羔拉回家，宰了过了个节，这件事被邻居知道了，担心地问道："阿凡提，要是巴依知道了，找上门来怎么办？"

"我就说没见过他的羊羔，不就完了。"

邻居又问："可是，有一天你到了阴间，艾孜拉依尔②圣人一旦问起羊的事，你该怎么回答呢？"

"我就说没这回事。"

"那可不行。"邻居说道，"到了阴间羊会自己出来做证的。"

"那岂不更好，"阿凡提说，"我当场把羊捉住还给巴依不就完了吗！"

张世荣翻译

送 请 帖

阿凡提的邻居结婚，请阿凡提帮忙发送请帖。

阿凡提到以傲慢闻名全城的一个巴依家去送请帖。巴依火了，骂道："难道找不出一个比你好些的人送请帖吗？"

"好人有的是，"阿凡提回答说，"不过，他们已经把好人的请帖送完了。"

---

① 乃玛孜：礼拜。

② 艾孜拉依尔：传说中阴间的审判者，又称艾孜拉依尔圣人。

说话之间

阿凡提卖蜂蜜。一个吝啬的商人想骗他，就称了一碗蜜。在阿凡提称蜜的当儿，那商人一直攀他说话，连珠炮似的向他提出各种各样的问题。阿凡提称好蜜以后，那商人并不付钱，端了蜜就走。

“您不给钱吗?”阿凡提问。

“说话的当儿，似乎已经给了呀!”商人道。

阿凡提一把夺过蜜碗，把蜂蜜倒回桶里，又用指头把碗里的残蜜刮净，然后道：“在说话的当儿，您似乎已经吃完了蜜。喏，请走您的路吧。”说罢，把碗还给那商人。

您要承认上了当

某城的一个商人闻知阿凡提的名声，很不服气。他自思自想道：“穷鬼里哪会出如此有智慧的人？好吧，如果说他聪明的话，不妨让他骗一下我这样机灵的人试试看!”

那财主要试试阿凡提，就出发到阿凡提居住的城市去。在临近城市的时候，他遇到了正在田里锄地的阿凡提。

“听说你们城里有个叫纳斯尔丁·阿凡提的人，我是特地来找他的。”财主对阿凡提说。

“您有什么事呢?”阿凡提问。

财主把来意告诉了阿凡提。

“我是阿凡提的邻居。阿凡提确实是一位智力过人的人，他会让您上当受骗的，您别自找麻烦了，还是回去吧。”阿凡提说。

“不，他骗不了我。”财主还是不服气。

“请您莫在阿凡提居住的地方说大话了吧，他如果来了的话，会在此地就骗了您的。”阿凡提说。

“不，我说骗不了，就骗不了！”

“那么，这样吧，请您在这里替我看住驴和锄，我骑了您的骡子，一会儿就把阿凡提叫来了，到底骗了骗不了，那时再看吧。”

财主同意了。阿凡提骑上骡子，到城里去了。

财主等阿凡提直等到天黑，可是谁也没有来。天黑了，只好骑了阿凡提的驴子进了城。

第二天，财主在大街上看见了骑着自己骡子的阿凡提，火了，说：“你算什么人呢？昨天叫我等到天黑，也没有把阿凡提找来！你怎么这样骗人呢！”

“哈，现在您该当众承认您被阿凡提骗了吧！”阿凡提说。

以上三则卜昭雨翻译

算鸡账

从前有个脚夫，在一家客店里吃了一只鸡。临走时请店掌柜算账，店掌柜说：“客人假若手头紧，就记上账吧，啥时有钱啥时再还。”脚夫听了很高兴，像这样好的店掌柜还是头一次碰见。脚夫谢罢便上路去了。

过了一些时候，脚夫来还账。店掌柜用古铜钱在桌上摆来摆去，好像这笔账有多么繁难似的。脚夫有些不耐烦地说：“你那只鸡到底值多少钱你说好了，何必这样算来算去呢？”店掌柜没有回答，他只摆了摆手，意思是不要脚夫打扰他。脚夫只好无可奈何地等着。

店掌柜终于把账算出来了，脚夫一听大吃一惊，这只鸡的价钱比一般的市价贵了几百倍。脚夫说：“一只鸡怎么值这么多钱呢？”店掌柜说：“怎么不值？你算算看，假若你不吃掉我那只鸡，它该下多少蛋？这些蛋又该孵成多少小鸡？小鸡长大了，又要下多少蛋？……”店掌柜一连说了一大串，并且又用古铜钱在桌子上摆弄了一番，说：“你看，分毫不差啊。”脚夫再也忍不住了，愤慨地说：“这哪是做生意？是拐骗！我不能给！”

店掌柜见脚夫横竖不认账，不由说："好吧，那我们到寺院讲理好了。"脚夫听了理直气壮地说："有理走遍天下，无理寸步难行，别说到寺院，就是到胡大那儿你也得说理!"两个人拉拉扯扯到寺院来了。

寺院长老不光主持教务，而且是当地最权威的法官，他的每一句话对教民来说，都是不可违抗的法律。当店掌柜和脚夫进来时，他正坐在地毯上往嘴里填着麻烟[1]。他长着满脸胡子，乍一看就像一片厚厚的毡子贴在脸上。由于他整天不停地吃麻烟，人们便常常暗地里把他的麻烟比成肥料，因为这些肥料才使他的胡子长得那么茁壮。他微微地斜视了店掌柜和脚夫一眼，用低沉而又沙哑的嗓子慢腾腾地说："什么事啊?"

店掌柜首先一五一十地说了。长老听了觉得挺有道理，因此他不等脚夫申诉便判决了，让脚夫立即如数偿还。脚夫知道争辩也没有用，他只好向长老苦苦哀求，哀求长老答应他稍微缓几天再还。长老答应了他。

脚夫装了满肚子的委屈，在归途上无精打采地走着。远远传来歌声，一个骑毛驴的人迎面走来了。骑毛驴的人到了脚夫跟前，他恭敬地把右臂横在胸前施了个礼，说："脚夫大哥，你好啊?"脚夫心中正在愁闷，因此看了这个无忧无虑的人有点儿厌烦，他随便哼了一声，便匆匆地走过去了。骑毛驴的人愣了一下，急忙又拉转毛驴赶上脚夫，说："脚夫大哥，干吗这么匆忙?什么事使你忧愁啊?我可以帮忙吗?"脚夫站住了，有些奇怪地看了骑毛驴的人一眼，问："你是谁?"骑毛驴的人说："我叫纳斯尔丁·阿凡提。"脚夫惊喜地喊道："啊!你就是阿凡提吗?"原来脚夫早就听说过阿凡提的大名，知道他专为穷人打抱不平。今日见面，果然名不虚传，对自己也是这样豪爽、恳切。

脚夫把自己的遭遇，详细地给阿凡提讲了一遍。阿凡提听后思索了一会儿，说："你立刻再返回寺院去，说官司断得不公，请求长老当众公审，我阿凡提替你包揽这场官司。"脚夫听了回到寺院要求当众公审，长老无可奈何地答应了。因为这里有个传统的规矩，要求当众公审是允许的，但如果再

---

① 麻烟：一种具有强烈刺激性和麻醉性的烟末，犹如鸦片，但不用烟管，而是填在牙根舌头下面。

输了，必须受到加倍的惩罚。

公审这天，陪审官和群众纷纷来到寺院。长老宣布开审以后，店掌柜又把自己的理由申述一遍。轮到脚夫申诉时，他却沉默不语。长老问：“你为什么不说话?”脚夫说：“我的辩护人还没来呢。”长老说：“你的辩护人是谁?”脚夫说：“纳斯尔丁先生。”长老和陪审官们听了一股劲地皱眉头；群众却暗暗地高兴起来，纷纷小声议论着：有热闹看了……

等了很久，阿凡提才来了。他向众人施礼问安以后，便向长老和陪审官们说：“请长老和法官先生们原谅，因为有一件紧要的事，我来得迟了。”一个陪审官故意挑剔地说：“难道还有比今天的事更紧要的吗?”阿凡提说：“当然紧要，你们想想，我明天就要种麦子了，可是我的麦种还没有炒熟呢，还有比这件事更紧要的吗？就因为炒了三斗麦种，我便来迟了。”长老和陪审官们听了阿凡提颠三倒四的话非常高兴，几乎同时喊起来：“简直是疯话！炒熟的麦子还能下种吗?”他们喊得那样厉害，是想借此取消阿凡提做辩护人的资格，好使他们任意宣判。群众见这般情形，都替阿凡提担起心来，假若他确实不能对答长老和陪审官们的质问，他这辩护人的资格是注定要取消了。

阿凡提不慌不忙，等混乱的喊声完全停息以后，才说：“你们说对了，既然炒熟的麦子不能下种，难道吃到脚夫肚子里的鸡还能下蛋吗?”长老和陪审官们被问得哑口无言了，他们似乎才明白，原来阿凡提迟迟不来和那些颠三倒四的话，都是事先摆好的圈套。群众高兴地喊起来：“对呀！难道吃了的鸡还能下蛋吗?”在阿凡提和群众不可辩驳的质问下，长老和陪审官们只好取消了原来的判决，让脚夫按一般市价还一只鸡的钱了事。

王玉胡搜集

上次给过了

有一次，阿凡提去洗澡。澡堂老板见阿凡提是个普普通通的农民，便带他到一个非常脏的澡盆里去洗，丢给他一条又破又烂的毛巾。阿凡提洗完澡，却在钱盘子里比别人放了更多的钱。

过了一个星期，阿凡提又去洗澡。老板连忙招待，客客气气地把他带到最上等的浴间，递给他一条雪白的新毛巾。阿凡提洗完澡，却一个钱也不付，就走了出去。

“阿凡提！”老板追出来叫道，“你忘了给钱啦！”

“不，是你忘了。”阿凡提说，“上次我不是一起付过了吗！”

赵世杰翻译

别渴着它了

有一天，阿凡提去赴婚宴。他见一个客人一面大吃大嚼着，一面还贪得无厌地从餐桌上挑选好吃的菜肴往口袋里装，就顺手拿起跟前的茶壶，悄悄地将茶往那客人的口袋里灌。

那个客人对阿凡提惊讶地说：“哦，你为啥往我口袋里灌茶呀？”

阿凡提回答道：“咳，你那口袋吃多了荤腥，别渴着它了。”

赵存良翻译

请衣裳吃

有一次，阿凡提穿着一身破旧的衣裳，去参加朋友的宴会。朋友怕人家笑他和穷人来往，面子上难看，便把阿凡提赶了出去。

阿凡提回家换了一套崭新的衣裳，马上又赶到朋友家去。朋友见他这回穿得齐整漂亮，立刻另眼看待，恭恭敬敬地请阿凡提坐了上席，十分客气地指着食单[1]上的各种食物，说道：“请吧，我的好朋友，随便尝点儿吧！”

阿凡提连忙提起衣服，把袖口对着食物，也嚷道：“请吧，我的好衣裳，随便尝点儿吧！”

主人见了很诧异，问道：“我的阿凡提，你这是干什么呀？”

“我的朋友，”阿凡提说，“我不是在请您最尊敬的好衣裳吃东西吗？”

赵世杰翻译

剃　头

阿凡提要理发，上了理发店。

那理发师大概是缺少经验的，在他头上剃破了好几处，又在剃破的地方都拿棉花给敷上了。

阿凡提站起来，朝镜里一看：“啊呀！你真是一手好手艺，你瞧，我这半边头你都给种上棉花了。得啦，那半边让我自己去种胡麻吧。”说着出门就走了。

李元枚翻译

什么声音最好听

一天，阿凡提去朋友家做客。那位朋友是个爱好音乐的人，他拿出了各种乐器，一件一件地演奏给阿凡提欣赏。

一直过了中午，阿凡提肚子早就饿了，那位朋友还在没完没了地拨弄乐器，还问道：“阿凡提，世界上什么声音最好听？是独塔尔还是热瓦甫[2]呢？”

---

① 食单：席地就餐时用来摆食品的单子。

② 独塔尔、热瓦甫：都是维吾尔族的民间乐器。

阿凡提回答说：“朋友，这会儿，世界上什么声音都比不上饭勺刮着锅的声音好听呀！”

赵世杰翻译

毒　药

阿凡提小时候到老师家去学古兰经[①]。有人给老师送来了一碗蜂蜜，阿凡提就斜着眼睛直瞅。老师看到阿凡提偷看蜂蜜，就把碗放到碗架上去，并且告诉他：“碗里装的是有毒的东西，人一吃就死，千万可别碰啊。”

老师出去办事去了。阿凡提站起来把老师的墨水瓶打碎，然后就把那碗蜂蜜和别的学生送来的肉饼、油条、馕[②]都吃了，还用舌头把碗舔净，再把碗放在架上。老师回来一看碗空了，就问：“谁吃了？”

阿凡提指着打碎了的墨水瓶说：“你看我闯了多大的祸呀！我本来想在您回家之前死去，就把那碗毒药喝了。可是我真纳闷，为什么到这会儿也没有死。”

李提甫　乔家儒　陈桂兰翻译

吃过饭再来等

一天，阿凡提去饭馆吃饭，左等右等不见堂倌把饭端上来。这时，肚子饿得实在受不了啦，阿凡提只得起身回家去。堂倌急忙追出来喊道：“阿凡提，干吗不吃饭就走呀？”

阿凡提回答说：“我还是回家吃过饭再来等吧！”

张世荣翻译

---

① 古兰经：伊斯兰教的经典。

② 馕（náng 囊）：一种烤制成的面饼，是维吾尔族、哈萨克族人民的主食。

鹅　　汤

阿凡提有点儿不舒服，大夫给他看病，告诉他说喝了鹅汤就会好。

阿凡提很穷，哪有钱去买鹅，就拿了一根棍子向一片湖走去。正好湖里有一群鹅在游水，阿凡提很高兴地就往湖边跑。他刚一到湖这边，鹅就游到湖那边去了。阿凡提很遗憾地坐下，只好把自己带来的馕拿出来，蘸着湖水吃。这时候，湖边走来一个人，问他："阿凡提，你做什么呢？"

"我正在蘸着鹅汤吃馕呢！"阿凡提说。

李提甫　乔家儒　陈桂兰翻译

散　　蓝

阿凡提头上缠着筐子大的散蓝，在街上走着。迎面来了一个人，央求道："学者，请您给我读读这封信吧。"

"我目不识丁，信念不通。"阿凡提说。

那人感到异常惊讶："您头上缠着这么大的散蓝，难道真的连信也念不通吗？"

阿凡提取下头上的散蓝，戴在那人的头上，说道："好！好！好！要是散蓝识字的话，我给你戴上，你自己念吧！"

党牛翻译

兔　　汤

阿凡提的一位打猎的朋友，打猎回来，带给阿凡提一只兔子。阿凡提很高兴，拿兔子做成菜请他吃了一顿晚饭。

不到一个礼拜，那打猎的又来了，敲阿凡提的门。

“谁呀?”阿凡提问。

“我呀，上回送兔子来的你那位朋友呀。”打猎的回答。

阿凡提拿兔子汤又招待了那位朋友一晚上。

一个礼拜以后，有那么五六个人，说：“咱们结识结识阿凡提去。”他们就找阿凡提来了。

阿凡提问他们：“你们是谁呀?”

“我们是送你兔子的你那位朋友的朋友。”

“哦！好，好!”

阿凡提拿汤茶也招待了他们。

一个礼拜之后，阿凡提门上又来了八九个人。阿凡提问他们都是谁，他们回答说：“我们是送你兔子的那位朋友的朋友的朋友。”

“那很好，很好。”阿凡提彬彬有礼地欢迎。

把这班客人让进了屋，阿凡提就给他们端来了一碗泥水。

“这是啥？吃的?”客人很诧异。

“这个呀!”阿凡提说，“就是我那朋友送来的兔子的汤的汤的汤。”

李元枚翻译

请您自便

一天，阿凡提的邻居同妻子吵嘴，正在气头上跑来找阿凡提，说：“这老婆真叫人讨厌死了，我想休了她，您看如何呢，阿凡提?”

“我如果说‘休了她’吧，您以后会骂我的；如果说‘休不得’吧，您现在会骂我的。所以，还是请您自便吧。”阿凡提回答说。

褡　　裢

阿凡提赶巴扎，把褡裢丢了。回到家里之后，他编了个口实，对妻子道：“老婆子，今天巴扎上发生了一件怪事，嗐，所有的人都把褡裢丢了。”

“您呢？”

“既然所有的人都丢了，我能够袖手旁观吗？当然比所有的人丢得都早！”阿凡提回答说。

以上两则卜昭雨翻译

本　　意

一天，阿凡提把驴牵到市上去卖。他把驴交给了经纪人，自己就到旁边坐着。一个买主过来，打算看看驴的牙口，这驴张口就把买主的手咬了一口，买主很不满意地甩着咬破的手走了。过了一会儿，又来了第二个买主，他打算摸摸驴腿，刚把驴尾巴卷起来，驴就踢了他一蹄。这个买主跛着腿也走了。经纪人把驴牵到阿凡提的跟前，说：“你这驴的脾气太坏，不是踢人就是咬人，这样的驴白给都没有人要。”

阿凡提说：“我把它带到这里来压根就没想卖，我为的是让大伙看看它给我吃的苦处。”

李提甫　乔家儒　陈桂兰翻译

猫哪里去啦

一天，阿凡提从巴扎上买回来三斤肉，吩咐妻子道：“请你做一顿美味的饺子，今晚咱们美美地吃吃。”

阿凡提的妻子把肉炒熟以后，全部自己吃掉了。到了晚上，给丈夫端去一碗白皮面。

“饺子呢?”阿凡提问妻子。

“当我切好了肉，动手揉面的时候，你那只该死的猫，偷偷地把肉全部吃光啦!”

阿凡提捉住猫，放在秤盘上称起来。猫不轻不重，恰好三斤。阿凡提便问妻子道：“妻呀，你瞧！如果这是猫的话，那么肉呢？如果这是肉的话，那么，猫哪里去啦?”

党牛翻译

买　油

人们都说阿凡提是世界上最聪明的人，他的老婆偏说他是世界上第一号的大傻瓜。为了这个，有一次邻居们和她争辩起来，纷纷说：“你既然说他是傻瓜，他到底做了哪些傻事，请你讲出来。”她说：“傻事多得很，我只说出一件你们就信服了。”邻居们说：“好吧，如果你讲得实在，就算我们输了。”她说：“你们是输定了。”说着便讲起前几天刚发生的一件事情来：

“纳斯尔丁在外面周游了很久，终于回到家里来了。他一进门，我就狠狠地驾了他一句：‘长舌头的鹊雀[①]，还知道回窝吗?’你们是知道的，纳斯尔丁在巴依面前是一只老虎，可是在我的面前却是一只绵羊，我虽然骂了他，他还是驯服地弯下了腰，像一个陌生人似的给我深深地施礼，并说着祝福词。然后，他便笑嘻嘻地像是给我赔罪似的说：‘心爱的小百灵，这不是回来了吗!’我一听气就消了。我真的就像只敏捷的小百灵，一下子就飞到了他那已经伸开的双臂里。我闭了眼睛，心想：胡大赐给我这样一个丈夫，

---

① 长舌头的鹊雀：指喜鹊，喜鹊的叫声本来是象征喜庆的，但在新疆的一些传说中却恰恰相反。据说有一次当敌人追赶一位圣人的时候，它用爱叫的长舌头暴露了圣人躲藏的地方，所以便成了一种惹人讨厌的鸟。

我真幸福极了。可是没有一会儿，纳斯尔丁又叫我生气了。他忽然想起别人委托他的一件事来，嘴里不停地念叨这件事，以至我跟他说话他都听不见了。我知道这是不祥之兆，他又要从我身边飞走了。于是急忙把一只油碗和一串铜钱塞到他手里，说：‘去买点儿油吧，一点儿也没有了。’

“我本想用这个打断他的思路，好把他留在家里。谁知他一路上一直想着那件事，以至油坊掌柜往他的碗里倒油时，他还是念念不忘。油很快地倒满了碗，剩了一点儿再也倒不进去了。油坊掌柜不由得说：‘纳斯尔丁先生，这点儿倒在哪儿呢？’纳斯尔丁浑身找了个遭儿，一点儿盛油的东西也没有。他便把手中的油碗一翻，指着碗底说：‘就倒在这个碗坑里吧。’油哗啦撒了满地，人们哄然大笑了，可是纳斯尔丁仍傻头傻脑地指着碗底说：‘倒啊，倒啊。’油坊掌柜便把那一点点儿油倒在碗坑里。

“纳斯尔丁回到家来，我一看不由愣住了，问道：‘那样多的钱，怎么买来这样一点点儿油呢？’纳斯尔丁说：‘不，这边还有呢。’他说着又把油碗翻了个过儿，这样，碗坑里那仅有的一点点儿油，也就撒在地上了……”

邻居们把肚子都笑痛了，纷纷抹着笑出的眼泪。阿凡提老婆乘机说：“你们看，难道世界上还有比他更傻的人吗？”

笑声平伏了，邻居们还是不赞成她的看法，他们很快就给阿凡提找到了辩护的理由，纷纷说：“他哪里是傻哟，分明是叫别人委托他的那件事分心了。不信你去问问纳斯尔丁先生，看看那时候他在想着什么？如果不是那件事，就算我们真的输了。”

阿凡提老婆再没有争辩，丈夫到底是聪明人还是傻瓜？她比任何人都知道得清楚。虽说她也常常责骂丈夫是不回窝的鹊雀，可是当她听到人们夸奖她的丈夫时，她比任何人都要高兴。

王玉胡搜集

麦西热甫的故事

（维吾尔族）

麦西热甫是一位文人型机智人物。其原型麦西热甫·热赫木巴巴（1651—1711），出生于中亚浩罕，系古代依禅派著名诗人。他曾徒步周游喀什、莎车、和田、伊犁及中亚、近东各地，一生穷困潦倒。他常嘲讽昏庸腐败的封建统治者，抨击时弊，后因触怒喀什噶尔的阿帕霍王爷而被处死。他的趣闻、轶事流传于新疆西部、南部各地。

大惊小怪

麦西热甫到了莎车，莎车县官听说了，便请他到县衙门作客，并在他的座位上铺上了崭新的锦缎坐垫。他们聊着聊着，麦西热甫为了愚弄县官，故意把一碗奶茶倒在坐垫上，把坐垫弄得湿漉漉的。县官看见了，很不高兴，说道：

"我们给你铺锦缎坐垫是为了尊敬你，你怎么这样搞呢?"

麦西热甫问道："你是什么变的?"

"土变的呀!"县官脱口回答说。

"那样的话，"麦西热甫轻描淡写地说，"你都往变你身子的土上撒尿拉屎哩，我不留神在坐垫上倒了碗奶茶，这还值得你大惊小怪吗？”

翻了十七个滚儿

麦西热甫到了和田，县城清真寺的阿訇和毛拉们哄骗他爬到清真寺的楼台上，他们站在楼台下，翘首望着麦西热甫，指手画脚地奚落道：

“嗬！瞧这个饕餮的乞丐[①]，初次来到和田，就爬得这么高！俗话说：乞丐爬上楼台——好上难下来。我们再也不让你下来啦！”

麦西热甫没有吭气。阿訇们举行毕跪拜仪式，一位大阿訇站出来开始宣讲《圣训》，当他讲到“水翻七个滚儿，多脏的水也会变干净的”时，麦西热甫站在楼台上撒了一泡尿下来，尿水洒在阿訇们的散蓝上。大阿訇立刻命令门徒把他从楼台上拉下来，咬牙切齿地吼道：

“噢咦！叫花子，你为什么要这样糟蹋侮辱我们？”

“我的大阿訇，”麦西热甫冷冷地一笑说，“您刚才不是说，‘水翻七个滚儿，多脏的水也会变干净的’吗？我的尿从高高的楼台上落到你们的散蓝上，都翻了十七个滚儿哩，当然更是干干净净的喽！”

大阿訇哑口无言。麦西热甫大模大样地从清真寺的大门里走了出去。

拿经文抽烟

麦西热甫在布哈拉时，在一所经文学堂学经文。他每天将所学过的经文拿剪刀裁下来，装进烟斗抽了烟。毛拉发觉后，向学堂主事人告了一状。

主事人立刻唤去麦西热甫，指指点点地问道：

“喂，麦西热甫，学过的经文要反复习读，你为什么一页一页剪下来抽了烟？”

“阁下，我对学过的经文连一句也记不住。为了牢牢铭刻在心头，我只

---

① 乞丐：这里是骂人的话。

好把它装进烟斗抽入腹中。”麦西热甫一本正经地回答说。

你父亲是吃谁的粪死的

麦西热甫到了一个村子上，见一位霍加[①]正在挥舞着皮鞭毒打一个奴隶，便愤愤地走过去夺过鞭子，质问道：

“喂，霍加，他犯了什么罪，你竟然这样不讲仁道，往死里折磨他哩？”

“他是我的奴隶，”霍加凶相毕露地说，“我用两千枚金币买来了一匹骏马，他喂马时不精心，草料里混进去了鸡粪，马吃了鸡粪死去了。这就是他犯的罪，我当然要狠狠揍他呀！”

“你的心真狠毒！”麦西热甫瞪了一眼霍加，又问，“你父亲在家中吗？”

“咋啦？我父亲死去了！”霍加把脖颈一拧说。

麦西热甫接着又问道：

“如果你两千个金币买来的骏马是吃了鸡粪死去的话，那么你的价值连城的父亲，他是吃了谁的粪死去的呀？”

名叫胡大板尔迪[②]

麦西热甫去到巴尔赫[③]城，返回时一位毛拉向他鞠了一躬，问道：

“喂，穷乞丐，你叫什么名字呀？”

麦西热甫故意慢条斯理地回答道：

“我的名字叫胡……大……”

没等麦西热甫说完，毛拉的眼珠贼溜溜地一转，放开嗓门喊叫起来：

“快来人呀，抓住这个叫花子！他冒充胡大，招摇撞骗哩！”

麦西热甫佯装很害怕似的，一蹦子从毛驴身上跳下来，撒腿径朝王宫奔

---

① 霍加：封建贵族。

② 胡大板尔迪：胡大意为“真主”，板尔迪意为“赐予的。”

③ 巴尔赫：古代阿富汗的一个城市，在今阿富汗西部。

去。他刚刚跑进王宫，就有三四十名毛拉，上气不接下气地跟着追了进来，告发了麦西热甫。

买合木特汗王[①]听完毛拉们的话，眼睛睃睃麦西热甫，皱着眉头问道：

“喂，穷乞丐，他们说的话是真的吗？”

“不，陛下，他们在说胡话诬赖我哩！”麦西热甫不慌不忙地说，“我一生下来，爸爸妈妈就给我起名字叫‘胡大板尔迪’。毛拉问我的名字叫啥，我刚刚说了个‘胡大’，还没有说出‘板尔迪’，他们就像一群狗一样吠叫着要逮住我，我只好像猫一样跑到您这儿来。”

买合木特汗王听了，瞥了一眼毛拉们，扬扬手，说：

“你们咋无理取闹哩！回去回去！”

毛拉们你望望我，我望望你，一个个哭笑不得，只好不哼不哈地走出王宫。

怕小偷偷去

一天，麦西热甫到布哈拉[②]时，已是日落时分。他来到一座清真寺门口，见苏皮正在锁清真寺的门，便说：

“我是个四处漂泊流浪的人，今夜让我在清真寺里过一宿吧！”

苏皮同意了，把钥匙交到麦西热甫手中。

苏皮走开后，麦西热甫打开清真寺门，牵着驴子走进寺院，在讲经堂正中结结实实钉了个木桩，把驴子拴在那儿，自己也睡在讲经堂里。

第二天做晨礼时，苏皮走进寺院，一看，气得眉毛倒竖，眼睛圆睁，吼叫起来：

“哎！叫花子，你为什么把毛驴拴在神圣的讲经堂里？！”

麦西热甫指着苏皮手里提的套鞋，说：

---

① 买合木特汗王：古代巴尔赫的汗王。

② 布哈拉：苏联乌兹别克加盟共和国的一个城市。古代时是个独立王国。

“你们做礼拜时，把六块钱买来的套鞋也要搁在面前，怕小偷偷走。我这头毛驴是十五块银圆买来的，当然更怕小偷偷去啰!”

净洁的与不净洁的

麦西热甫因事去清真寺找一位阿訇，适逢阿訇正在向教徒们宣讲什么是净洁的、符合教规的；什么是不洁的、戒止的。他侧耳听了好一阵，越听越糊涂，索性退场出来找了一块干粪便，圪蹴在寺院门口把它捣碎，用水拌来搅去。不一会儿，阿訇讲罢经走出来，见麦西热甫在地上用水拌粪便，就瞪起眼睛说：

“咳，乞丐，你害臊不害臊？那是不洁的、戒止的呀!”

麦西热甫抬起头望着阿訇，笑着说：

“哎，阿訇，照您这样说，您身上穿的丝绸长外套也是不洁的、戒止的啰!”

“哼，你凭什么这样说?”

“您的漂亮的外套是用蚕吐的丝织成的，蚕不是也拉屎吗!”

阿訇顿时面红耳赤，回答不上来。他抓耳挠腮，考虑了片刻，辩解说：

“不对！我的外套的面子虽然是丝绸的，可里子是用棉花织的白大布，是绝对净洁的呀!”

“那样的话，”麦西热甫说，“这粪便虽然是不洁的、肮脏的，但我倒的水也是绝对净洁的呀!”

处以极刑

麦西热甫在喀什噶尔时，在阿帕霍加的府上待了七年。王府里的毛拉们由于嫉妒麦西热甫，一天，无中生有地在阿帕霍加面前告了他一状：

“麦西热甫见了侍女，总是眉来眼去地调戏她们。”

阿帕霍加为了惩处他，立刻令人按倒麦西热甫，在他身上打了个火印。

“啊，至公至正的真主！”麦西热甫痛苦地叫道，“我只用目瞅了一眼侍女，犯了个小小的错误，您就给我这么严厉的制裁；如果王府这伙蹂躏、践踏侍女的人们死后来到阴间，您定会令判官把他们捆绑起来吊在绞架上，处以极刑的！”

把地狱门挡住

麦西热甫来到一个冬窝子，几位阿訇正在滔滔不绝地向民众讲地狱如何如何阴森，如何如何恐怖，恫吓民众。

“喂，阿訇们！”麦西热甫说，“你们口口声声讲自己是为民众解除苦难的人。既然如此，你们死了后手挽手挺胸站在地狱门口，用你们的身子把地狱门挡住，不就没事了吗！”

在宝座上拉屎

买合木特汗王把王位让给了麦西热甫，嘱咐他代理几天汗王的职务，自个儿溜到乡下去避暑。第二天麦西热甫登上王位后，便把大便拉在宝座上。丞相立刻把这情况禀报给了买合木特汗王。汗王带着卫士来王宫一看，宝座上有一堆黄蜡蜡、臭烘烘的大便，气得抽动着鼻翅，厉声喝道：

“哼！麦西热甫，你这是搞什么名堂？”

麦西热甫若无其事地说：

“汗王哪，您都往老百姓的头上拉屎拉尿哩，我在您的宝座上拉泡屎，值得您发这么大脾气吗！”

破坏建筑物

麦西热甫在和田农村行走着，见一位巴依在地头一边监视着长工给他耕地，一边嘴里哼哼唧唧、怪腔怪调地唱着麦西热甫歌谣[1]，就走过去在犁好的地里手舞足蹈地跳起来。巴依看见了，咬牙骂道：

"喂，疯子！你为什么要破坏我的土地？"

"你才是地地道道的疯子哩！"麦西热甫说，"你把我的建筑物都破坏啦！"

巴依摸不着头脑，问道：

"别瞎说，你的建筑物在哪里？"

"就是你唱的歌谣呀！"麦西热甫说。

狗也不吃

麦西热甫到买合木特汗王王府时，王府里疙疙瘩瘩地坐着七八百人，正在参加汗王摆设的筵席。汗王见麦西热甫走进来，招了招手，叫他紧挨着自己坐下。麦西热甫坐定后，叹了口气说：

"汗王啊，我的寿命掌握在您的手里。如若您让我一命归天，我的遗嘱是：请您允许把我的遗体埋葬在高高的山岗上。这样，当人们从老远处望见我的坟墓时，就会向我的亡灵虔诚地祈祷，然后从我的坟前缓缓地走过去。"

买合木特汗王明白了麦西热甫的话意，惊讶地说：

"阁下，我怎么会加害于您哩，您的一根汗毛我也不敢稍微动一动呀！"说着，很有礼貌地将一盘抓饭往麦西热甫面前挪了挪。

麦西热甫没有吃，顺势推给懒洋洋卧在汗王背后的哈巴狗，哈巴狗也没有吃，站起来摇摇摆摆地走过去卧在别处。

"阁下，"汗王诧异地说，"您怎么不吃我的抓饭？"

"您的抓饭连狗也不吃，我当然就更不会吃了！"麦西热甫很干脆地回答说。

---

[1] 麦西热甫歌谣：《麦西热甫》是维吾尔族古典大型乐章《十二木卡姆》中的一个乐章，麦西热甫歌谣就是专门在这个乐章里唱的歌谣。

宴会上顿时爆发出一阵哄堂大笑。买合木特汗王发觉麦西热甫原来在捉弄、侮辱他，心里很不是滋味，想重重惩罚他一顿，可是想到自己刚才说的“我怎么会加害于您哩，您的一根汗毛我也不敢稍微动一动呀”的话，只好把一股怒气憋在肚子里，没有发作。

以上十二则赫维尔·吐木尔整理　赵世杰翻译

毛拉·则丁的故事

（维吾尔族）

毛拉·则丁（1815—1880），新疆鲁克沁人，出生于一个贫苦农民家庭。他多才多艺，酷爱文学，曾创作大量歌谣和笑话抨击时政，讽刺当局。他曾到吐鲁番安甫热东王身边为其讲趣闻、笑话。因经常嘲弄封建统治者，使安甫热东王大为恼怒。安甫热东王先后八次将他赶出王府，又九次将他召回，称他为“我的甜蜜的敌人”。他与王相处九年后主动辞职回故乡，以种瓜为生，直到去世。他的故事主要流传于新疆吐鲁番、哈密一带。

无　　赖

一天，毛拉·则丁对吐鲁番王说：

“王爷呀，我发现您的臣民中有三种人是为非作歹的无赖！”

王听了挺感兴趣，笑笑咧咧地问道：“你讲讲，是哪三种人？”

毛拉·则丁说：“一是依禅[①]，一是巴依，一是差役。”

① 依禅：伊斯兰教一派头目。

王听了心里一嘎嘣，刷地把脸一变，厉声厉色地问道：“毛拉·则丁！你这样讲的根据是什么？”

毛拉·则丁回答说：“每年农民的庄稼一上场，依禅、巴依、差役就溜到麦场上。依禅讨要宗教粮，巴依讨要地租，差役讨要王府的粮。农民劳动流汗换来的粮食，统统叫他们白白拿走了，所以男女老幼管这三种人叫无赖！”

赫维尔·吐母尔搜集　赵世杰翻译

惩罚与回敬

因为毛拉·则丁冒犯了郡王，回到吐鲁番以后，苏来曼郡王便罚他到楼顶上去过夜，此时正是寒冬，企图把他活活地冻死。谁知毛拉·则丁到楼顶以后，忽然发现了楼顶的烟囱，于是计上心来，猛力把烟囱扳倒，随后便抱在怀里来回地跑起来。就这样，他不但没有冻死，还冒了一身热汗。

当太阳升起的时候，苏来曼郡王来到楼顶，这时毛拉·则丁早已安稳地睡熟了。苏来曼非常奇怪，踢醒毛拉·则丁问道：“怎么？你还没冻死？”毛拉·则丁说：“王啊！你一直在楼底下给我烧火，我怎么能冻死呢？”苏来曼知道这是俏皮话，也就冷嘲热讽地说：“是啊！大概是我那吸鸦片的灯葫芦替你取暖了。”说罢，便把毛拉·则丁赶出了王府。

过了一些时候，苏来曼郡王出去打猎。回来时人困马乏，口渴得要命。这时，恰好路过毛拉·则丁门前，好歹有过一段交往，便驱马走了进去，要毛拉·则丁赶快烧些茶喝。毛拉·则丁倒是没记前仇，满脸笑容地请苏来曼郡王坐下来，随即铺开一张空餐布，便烧茶去了。苏来曼郡王左等右等，怎么也等不来这一壶茶水。后来实在等得不耐烦了，便走出门来，只见毛拉·则丁把一个铜壶吊在高高的树尖儿上，他却蹲在树根下烧火呢。苏来曼郡王不由说道：“傻子！你疯了吗？难道这能烧开吗？”毛拉·则丁答道：“王啊！那吸鸦片的灯葫芦既然能暖到屋顶上，难道树根下的烈火还烧不开树尖儿上的铜壶水吗？”苏来曼郡王忽然醒悟过来，原来这是毛拉·则丁有意给他的回敬。于是便恼羞成怒地说："从今以后再不要让我看到你的脸！"说罢，便忍着饥渴回王府去了。

说来也是冤家路窄，又过了一些时候，毛拉·则丁又和苏来曼郡王相遇了。毛拉·则丁等他走到跟前的时候，便急忙扭转身，用脊背向他躬身施礼。苏来曼郡王不由喝道："喂！在王的面前为何如此无礼？"毛拉·则丁答道："王啊！你先不要生气，你不是说过不要再看到我的脸吗？所以我只好用脊背向你施礼问安了。"苏来曼郡王又忽然醒悟过来。不用说，这又是毛拉·则丁有意给他的回敬。

打　柴

毛拉·则丁的生活越来越贫困了，后来便到经文学校当了杂工。这学校的毛拉[1]对人很刻薄，对待毛拉·则丁就像对待牛马一样，一会儿也不肯让他闲着。

一次，毛拉让毛拉·则丁去打柴，临行时反复嘱咐道："一定要把车前车后装满才许回来。"毛拉·则丁当时没有吭声，吆上车去了。可是等他回来的时候，整个大车却是空空的，只在车头和车尾上各绑了一小捆柴火。

毛拉一看就生气了，喝道："喂！谁叫你赶回一辆空车？"毛拉·则丁不由指了指那两小捆柴火说："你不是叫我把车前车后装满就行了吗？这不是已经装上了吗？"毛拉一时无言可答，只气得一个劲地吹胡子。

以上两则尤素夫翻译

由巴依老爷背过去

一天，乡里的伊玛目向民众解释过古尔邦节为什么要献牲。讲着讲着，

① 毛拉：伊斯兰教里的传经教师。

最后得意扬扬地说道："民众们！你们注意听着：献牲是为了行善积德，凡献了牲的人，死后就可以骑在自己献的绵羊背上，平平安安地从皮里斯热特桥[1]上走过去，进入天堂！"

很多穷人听了这话，满面愁容地问道："伊玛目阿訇，那么我们献不起牲，只能炸点儿油饼过节的穷人，怎么办呀？"

伊玛目张口结舌，回答不出来。当他正在装腔作势地吭吭哈哈地清理嗓门时，毛拉·则丁大模大样地走出人群，一本正经地回答说："民众们，你们别惆怅！像咱们这样无牲可献，只炸点儿油饼过节的穷人，开油坊的巴依老爷会把咱们从皮里斯热特桥上背过去的。"

赫维尔·吐母尔搜集　赵世杰翻译

回到水里去了

有个靠卖牛奶发了横财的奸商，他每次卖牛奶，总在里面掺许多水。这样一来，很短的日子他就挣了一口袋银子。一天他乘船到远处去，上船后，他把钱袋挂在高高的桅杆顶上。

船上有一只老猴，爬上了桅杆，把口袋里的钱一枚一枚地抛进河水里。猴子耍完了，把口袋和剩下不多的几枚钱交给了卖牛奶的。同船的毛拉·则丁说："水换回来的钱又回到水里去啦。"

刘发俊整理翻译

再死一次

毛拉·则丁的一位朋友问他："据说，人死了后，名叫蒙克尔和尼克尔

① 按照迷信的说法，伊斯兰教徒死后必须经过皮里斯热特桥。该桥桥面很狭窄，锋利如刀刃，过了桥就到了天堂，桥下则是地狱。生前没有向真主献过牲的人，从桥上过不去，就跌入地狱。

的两位天使就会前来提审，要是亡人回答不上来，就会被他们抽打得皮开肉绽。我每每一听这话，就吓得心里乱跳，浑身打战。你说说，这到底该咋办呀?”

“怕那干嘛！大不了再死一次。”毛拉·则丁回答。

毛拉·则丁的小姑娘

有两个能说会道的人，为了用言辞制胜毛拉·则丁，使他甘拜下风，特意远道来到吐鲁番。他们找到毛拉·则丁的家，走进去一看，只见一个小姑娘在揉面，于是问道：“你爹去哪儿啦?”

“到巴扎上去了。”

“何时回来?”

“如果急着要回家，明天才回来；要是不慌不忙地回家，今天傍晚就到家了。”小姑娘回答说。

两个能说会道的人心想：这个闺女真傻，说话颠三倒四，牛头不对马嘴！他们问道：“你讲的话是什么意思？我们没听懂呀!”

“我不是讲得明明白白的吗，还有什么不懂的!”小姑娘解释说，“如果急着要回家，爸爸就会打着毛驴骑着跑，毛驴跑乏了，走不动了，爸爸只好在路上过夜，明天才能到家；要是不慌不忙地回来，毛驴就会一个劲儿地驮着爸爸往家里走，用不着在半路上歇脚过夜，到傍晚就回来啦。”

说完，小姑娘用一对乌溜溜的眼睛打量着两位客人，问道：“你们找我爸爸有什么事呀?”

一个能说会道的人给同伴丢了一个眼色，说：“我们两个是商人，带来了一条地毯。这条地毯可长啦，一头到了吐鲁番，一头还拖在托克逊[①]哩。我们想麻烦一下你爹，请他把这条长地毯卖出去。”

小姑娘把嘴一抿，笑盈盈地说：“这用不着从外面去找买主。我家的擀

① 托克逊：吐鲁番附近的一个县，距吐鲁番约一百里。

面单子破了个鸡眼睛大小的窟窿，爸爸费尽了周折，哪儿都没找到一块适合的补丁。你们带来的这条长地毯倒挺合适的，就卖给我们当块补丁吧！”

两个能说会道的人听了这话，为了不在毛拉·则丁面前出乖露丑，赶紧转身走出大门。两人面色难堪，彼此相望，没了主意。一个人说：“他的小姑娘都如此聪明机智，言辞锋利，毛拉·则丁本人一定更是能言善辩，恐怕咱们不是他的对手！”

于是，两个人耷拉着脑袋灰溜溜地走开了。

以上两则赫维尔·吐母尔搜集　赵世杰翻译

大　锅

毛拉·则丁路过阿克苏[①]，和几个阿克苏人结伴同行，阿克苏人有意要试一试毛拉·则丁的智慧，说：“在我们阿克苏种南瓜最合适了，长得可真大，光是一片南瓜叶底下，就可以让四十匹骡子乘荫凉。”毛拉·则丁把这话暗暗记在心里。

他们快到吐鲁番时，老远就听到叮叮当当的响声。阿克苏人问：“这是干什么呀？”

“已经三年了，这三百个铁匠连一口锅都还没有打好，这叮当声是他们正在打锅哩！”

“天下有这样大的锅吗？”阿克苏人不信。

“没有这样大的锅，你们的南瓜用什么煮呢？”毛拉·则丁回答。

李怀玉翻译

① 阿克苏：县名，在新疆塔里木盆地西北部，天山南麓。

赛来依·恰堪的故事

（维吾尔族）

赛来依·恰堪（1816—1905）生于新疆疏附县乌帕尔一个贫苦的农民家庭。他是一个心灵手巧的人，热瓦甫弹奏的十分出色。他的一生是在南疆、北疆各地辗转谋生中度过的。他的本名是赛来依，因其能言善辩，办事干练，人们根据他的特点，又亲切地赠给他一个绰号“恰堪”，维语本意是“快捷”“机敏”的意思。他的故事内容非常广泛，深深地扎根于人民群众之中，一二百年来在新疆喀什地区一带广泛流布，历久不衰，成为维吾尔族人民宝贵的精神财富。

祈　祷

城里的县长听说赛来依·恰堪是一个很会讲话的人，尤其是向胡大祈祷时，语言中肯、态度虔诚。因此，谁经过他的祈祷，胡大就会让谁成为具有巨大财富的人。县长得知后迫不及待地把赛来依·恰堪请到自己家里，让他为自己祈祷。

赛来依·恰堪听说这个县长是个无恶不作的坏人，心里想：“呸！混蛋，等着吧！”第二天他到县长家来了，进屋后，他面向西跪下。他让县长跪在身旁，然后满脸虔诚地说：“胡大，没有人比您再公正的了，您可能看到了跪在我旁边的、我们的县长大人的罪恶行为了吧，他现在和我一起向您忏悔。我请求您在最短的时间里，派出您的差官索取县长大人的性命，以免他再作孽。”没等赛来依·恰堪说完，县长就跳了起来，大声喊叫着：“你为什么让胡大要我的命?”

赛来依·恰堪不慌不忙地站起来说：“我的县长老爷，请你不要生气，我是希望你早一点儿进天堂，这个世界太狭窄，容不下你，而天堂广大无边，何况天堂里的生活比尘世上的生活要好很多倍，我这是让你早点儿去享福!”

斜　眼

一天，班旦吾兰特[①]骑着马，手里提着皮鞭，在路上悠闲地走着。他忽然看见赛来依·恰堪从对面走过来。由于他平时对赛来依·恰堪积下了许多不满，想在此报复一下，就拿着鞭子向赛来依·恰堪的一只眼睛上抽了一鞭。赛来依·恰堪的眼睛差一点儿被他打瞎了，后来经过医治没有全好，成了斜眼。

没过多久，班旦吾兰特在皇宫里举行宴会，请了许多客人，其中也有赛来依·恰堪。赛来依·恰堪进入宴会厅之后，走到大厅的正面，他有意不看对面首席上坐着的班旦吾兰特，而向着大厅两旁坐着的人问好，之后他就坐到了自己的位置上。看到这种情况，班旦吾兰特又回忆起了往事。他为了在大家面前提高一下自己的威信，就想利用这个机会再嘲弄一下赛来依·恰堪。他说：“喂！赛来依，听说斜眼人的眼睛能把一个东西看成两个东西，是吗？这是为什么?”

“对，可尊敬的可汗!”赛来依·恰堪爱答不理地回答说，“现在我看你

---

① 班旦吾兰特：中亚一带对可汗的尊称。当时喀什噶尔人把英、俄殖民主义者支持的侵略者阿古柏（约 1825—1877）称为班旦吾兰特，实则是一种嘲讽。

就不是两条腿，而是四条腿。”

以上两则吴其洪搜集　乔家儒　陈桂兰翻译

把别的事也顺便一起办了

阿古柏有一次对赛来依·恰堪大发脾气，斥责说：“叫你干什么你就只会干什么，你就不会把跟这件事有关的一些事一并办好，真是个蠢材！”

没过几天，阿古柏病了，打发赛来依·恰堪去请医生。

赛来依·恰堪接了医生，又顺路跑到清真寺叫人抬来了停尸板、棺柩衬架，又叫来了念经超度亡灵的伊玛目、麦真[①]等人。当他们浩浩荡荡地来到宫中时，阿古柏吃惊地问道：“这是怎么回事？我是叫你去接医生的呀！”

“陛下，您总该还记得，前两天您责备我干一件事不会想着把与它有关的也一并办好，今儿个我就按照您的旨意办了，万一医生的药不管事，您要是归了天，那么出殡所需要的一切也就都齐备了。”

艾尔西丁·塔提洛克搜集　王一之翻译

让它看看你的尊容

班旦吾兰特十分蛮横，总想伺机显示一下自己的威风。一天，他对赛来依·恰堪说：“喂，赛来依，今后我再也不愿见你的面了！”说完，把赛来依·恰堪赶出了宫廷。

时间过得飞快，一眨眼，好几个月过去了。一天，班旦吾兰特整装出发，到郊外狩猎。一路上，人喊马叫，好不威风。路上的行人一个个恭立一旁，躬身低头，右手扶在胸前向班旦吾兰特行礼致敬。猛然，班旦吾兰特发

---

① 麦真：招呼教徒到礼拜寺做礼拜的人。

现，在人群中有个人背着身子站着。

“你是什么人？这是干什么？”班旦吾兰特问道。

“几个月前，你不是说过，再也不愿看到我的脸吗？今天听说陛下出城狩猎，我只好让自己的屁股来见见你的尊容了！”赛来依·恰堪这样回答。

班旦吾兰特被说得目瞪口呆，说不出话来。

阿吉亚库普搜集　刘发俊翻译整理

奇　迹

一日，班旦吾兰特在宫廷大摆筵席，请去了所有的伯克、巴依，吃喝玩乐，跳舞唱歌。赛来依·恰堪也被请去给他们弹热瓦甫琴。

筵席上，班旦吾兰特拍着胸脯，滔滔不绝地夸耀道：“诸位贵宾，自从我上台以来，城镇村寨奇迹层出不穷，连百灵鸟都在羊背上造起窝来了……”

伯克和巴依们一面大把大把地往嘴里塞着抓饭和烤羊肉，狼吞虎咽地吃着，一面“嗯嗯嗯”地随声附和着。可是赛来依·恰堪却“哈哈哈”放声大笑起来，说道：“对啊，阁下，因为伯克们把树木统统砍伐光了，百灵鸟除了在羊背上造窝外，再也找不到造窝的地方了。”

陷　阱

村子里每次举办的宴会上，赛来依·恰堪总是比别人先到，因而他常常坐在宴会的上席。一些有声望的伯克们对此很不满意。一天，县官祖尔东为了乘机报复赛来依·恰堪，专门举办了一个宴会。

客人们都到了，县官祖尔东命令差役把从宴会大厅到大门口的路上，全都泼上了水，搞得泥巴糊糊的。而后，才派人去请赛来依·恰堪。

赛来依·恰堪来到大门口一看，只见满地泥泞，没有个落脚的地方。他立即想到这是县官祖尔东设的陷阱，是有意捉弄自己。于是，他从腰上解下了宽宽的腰带，掏出了手巾，都铺在地上，然后，将脚踩在腰带和手巾上，他往前走一步，便把腰带和手巾往前挪一下，就这样反复轮换着手巾和腰带，一步一步地从大门口走到了宴会大厅，脚上连一丁点儿泥浆也没沾上。

县官祖尔东猜想：赛来依·恰堪一定会踩得双脚沾满泥巴，他不敢将泥脚踩在华丽的地毯上，就只好坐在门边儿上了。可是，恰恰与祖尔东的想法相反，只见赛来依·恰堪迈着一双干干净净的脚走来，笑容满面地向客人们打招呼问好。而后，十分从容地走到上席的座位上去了。

祖尔东县官瞪大了两眼，无可奈何地望着。

阿吉亚库普搜集　刘发俊翻译整理

我患了受惊病

一日，县府有个衙役要搬家，便仗着县官的威风和权势，跑到街头去拉差。他看赛来依·恰堪转来转去无事干，就走过去抓住他，说："走吧，去给我搬搬家，扛扛东西!"

"我是个患有受惊病的人，一旦受惊病发作，会把您的物件摔烂的。请您还是把我放开好了。"赛来依·恰堪解释说。

衙役坚决不肯，横眉瞪眼道："别胡说八道，强词夺理。人非牲口，哪会受惊!"说着，连推带搡，强拉赛来依·恰堪到自个儿家里，把一口偌大的饭锅压在他的脊背上，吩咐道："脚底下谨慎点儿，刚刚买来的饭锅，背到新居去。"

赛来依·恰堪低着头，弯腰弓背地走着，快来到衙役的新居门前时，突然从巷口里窜出来一条大狗，"汪汪汪"地叫起来。赛来依·恰堪忽见路旁矗立着一块大石头，佯装吃惊地跑过去，把脊背上的大饭锅狠狠地丢在石头上，乱喊乱叫，胡蹦胡跳起来。衙役一见新饭锅被砸了个稀巴烂，气得嘴歪眼斜，怒不可遏，便揪着赛来依·恰堪的领子，到县官跟前告状。

县官给衙役出谋划策说：“你准备好一只铜盘，我审问他时，你把铜盘悄悄地从他背后摔在地上，咱们看看他到底惊不惊。假若不惊，我就判他赔给你十口饭锅。”

开堂后，县官板着脸问：“你叫什么名字呀？”

赛来依·恰堪冷淡地回答道：“我叫赛来依·恰堪。”

县官声色俱厉地道：“哼！你为何故意摔烂衙役的饭锅？”

“不，县官大人！”赛来依·恰堪摇摇头说，“我哪敢故意砸烂衙役的饭锅呀！我提前就告诉过他，我患了受惊病……”

话说到这儿，县官朝衙役使了个眼色。衙役便把铜盘“哐当”从赛来依·恰堪的身后扔在地上。赛来依·恰堪一听这突如其来的声音，“啊呀呀”一声怪叫，纵身跳上县官断案的桌子，又一脚把桌子蹬翻，奔到吓倒在地的县官身上，连跳带踩起来，最后将公堂里摆的东西扔的扔、砸的砸，闹了个一塌糊涂，才撒腿冲出公堂。

过了好一阵儿，被踩得鼻青脸肿的县官，才勉强从地上爬起来，怒斥衙役道：“你这个奴才，真该死！你告疯子的状，叫他搅扰破坏公堂，难道你吃了人粪？”骂完，又把衙役拉倒在地，狠狠地揍了他十刑板。

赵世杰翻译

丢　脸

赛来依·恰堪当教员的时候，有一个大毛拉从布哈拉到喀什来了。大毛拉对前来迎接他的人们问道：“我用动作、手势提出问题，谁能够用动作、手势来回答？”他问完了，谁也没有吭声。他一看又不耐烦地重复说：“这么多的人都是无知的吗？我的问题都回答不了，好像把舌头咬住了一样，为什么都静悄悄地不说话？”

正在这时，赛来依·恰堪出现在大家面前，他以一个教员的姿态向前迈了一步说：“老爷！这些人都没罪过，我是这个城市的毛拉，你要问什么就问我好了。”

那毛拉就开始提问了，他首先用手摸了一下自己的脸，意思是说：“人在什么地方容易丢脸?”赛来依·恰堪立刻明白了他的意思，就用手摸了一下自己的脖子，意思是说：“你们这些人吃百姓的东西太多了，都从喉管咽下去了，这就把脸丢光了。”毛拉又用手摸了一下自己的头，意思是说：“人容易从什么地方被搞臭?”赛来依·恰堪用手指了一下自己的嘴，意思是说：“你们这些人干的坏事都会从老百姓的嘴里说出来的。”毛拉提的问题赛来依·恰堪都给回答了，想逞能却碰到了强硬的对手，他只得灰溜溜地走了。

乔家儒翻译整理

我要早知道的话

赛来依·恰堪到本村喀孜的面前诉说苦情，但喀孜看他穿着破破烂烂的衣服，认定他是个不讲理的家伙，不愿意理他，也不让他挨近了，离老远就让他站住，问道：“喂！你有什么事吗？就站在那儿说吧。”

“是，老爷，有点儿小事。”赛来依·恰堪说道。

喀孜一听是小事，还没等他往下说，早把脸扭到一边，不耐烦地说：“小事？算了吧，今天我没时间听你说，过几天你再来吧!”说完转身走了。

赛来依·恰堪没办法只好回家了。

过了几天，赛来依·恰堪理了发，刮了胡子，换上了一套新衣服，俨然一副尊贵的巴依模样，来到喀孜的家。喀孜看到这样的一位贵客到他家来，立即请他到上房，让座、递烟、倒茶，一个劲儿地紧忙乎，招待得既热情又周到。赛来依·恰堪对此非常惊奇，一会儿他似乎醒悟过来说：“哎呀！你是这样尊敬穿新衣服的人，我要早知道你有这种习性，我那天就该打扮好了再来。”

喀孜一愣，连忙赔着小心问道：“您是……”

“哎呀！喀孜老爷，你认不出我了？我不就是那天穿得破破烂烂的赛来依吗？哼！你们这帮势利眼!”

吴其洪搜集　乔家儒　陈桂兰翻译

“引火的”

从外表上看，伊玛目这个人好像很有修养的样子，其实他是一个做坏事、品行不端的人。一天，做乃玛孜[1]时，他对大家说：“你们，不要说没听见我的话。我再说一遍，世界上走斜路的那些罪人到另一个世界上会被扔到地狱的火坑里去受苦的。”

赛来依·恰堪听了这话就问道：“那么做坏事、品行不端的人呢?”

伊玛目听到问话，好像跟自己毫无关系似的回答说：“那样的人就会被当作引火的。”

赛来依·恰堪又插话问道：“那样的话，你会比任何人都更早地到那个世界去吧?”

伊玛目奇怪地问：“你为什么这样说?”

赛来依·恰堪说：“如果没有引火的，那么地狱火坑的火怎么燃烧起来呢?”

大家听了都哈哈大笑起来。

送他一根拐杖

赛来依·恰堪到三岔路口去时，正巧碰上了一位老同学，便急急忙忙地向他打招呼。但是他的同学没理睬他就往前走了。赛来依·恰堪又跑到老同学面前去打招呼，老同学还是照样不理睬他。后来又碰上了几次，老同学总是对他不理不睬，赛来依·恰堪很纳闷。后来大伙说：“赛来依阿訇，你不

---

① 乃玛孜：礼拜。

要自找没趣儿了，你没看见你同学的头上戴了散蓝吗？他担心向你还礼时把散蓝掉下来才这么做的。”

赛来依·恰堪这才恍然大悟。“啊！原来是这么回事，怪不得近来我看他从伊玛目家进进出出的。看样子他现在很需要一根长拐杖，用拐杖顶住他的下巴，连头都不要点了。”

以上两则乔家儒翻译整理

有酸奶子吗

一天，赛来依·恰堪在树上摘桑葚，住在河对岸的一个狡猾的巴依从远处走过来。

“喂！赛来依，你好吗？好久没有见到你啦！”巴依没话找话地问。

赛来依·恰堪对这个狡猾的巴依和他说的话感到很奇怪，就向他说：“巴依老爷，你有什么事吗？”

“你快点儿从树上下来，有一件紧急的事情要告诉你。”巴依催促着说。

赛来依·恰堪从树上跳下来，巴依才端出碗走过来对他说：“你们家有酸奶子吗？”

赛来依·恰堪一听是这个事，就把巴依带到自己的房子跟前，把他留在门外等着，自己进到房子里去就再也没有出来。

巴依在门外等啊等啊，等了好久仍没见赛来依·恰堪出来。他感到再等也没意思了，就返身朝自己家走去。赛来依·恰堪出来一看，巴依已经过河快到家了，就抓住自己的两只耳朵大声喊叫起来：“喂！巴依老爷，你快点儿回来！”

嘴又馋又不想花钱买酸奶子的巴依犹豫地站在那里想：“我是去呢，还是不去呢？”河这边的赛来依·恰堪见巴依站着不动，就又打手势又喊起来。巴依觉得从早晨一直等了这么久，酸奶子没拿到手，口水倒流了不少，就这样空着手回去？“不行，我还是再去一趟吧！”他自语着，转身急速过河来，走到赛来依·恰堪家时赶忙问：“哎！赛来依！你喊叫什么呢？我都没听清楚。”

赛来依·恰堪慢条斯理地说：“巴依老爷，我们家没有酸奶子，我想告诉您，就大声喊叫起来了。”听了这话，巴依非常气愤，跳着脚说：“你怎么搞的？我从一清早就等着。我已经过河快到家了，你又把我叫了回来，你不会在河边上喊‘没有酸奶子’吗!”

“我的老爷，您别生气。”赛来依·恰堪心平气和地回答说，“我不从树上下来，你不会站在树下问‘有没有酸奶子’吗!”

两张画像

赛来依·恰堪要到莎车去。莎车的一个巴依听到这个消息，想愚弄一下他。就说：“我请他到我家做客。”这时巴依赶快准备起来了。他画了两张画像贴在墙上，一张画的是有一个人头上缠着散蓝，举着双手正跪着向胡大祈祷的样子，在这个人的下方写着“巴依”两个字。一张画的是有一个人蹲着，一边吃馕一边解大便，下面写着“农民”两个字。

这天，赛来依·恰堪被请到巴依家做客，刚要把饭往嘴里放的时候，巴依连忙站起来，指着画像问赛来依·恰堪：“喂！赛来依！你看到这两张画像了吗？”

“看到了，我的巴依老爷，这两幅像画的是那个巴依向农民要馕吃，那个农民说：‘不劳动的巴依不要吃馕，吃屎吧。’”听了这话，巴依哑口无言。

在赴婚礼的路上

一天，赛来依·恰堪骑着毛驴去参加朋友的婚礼，突然，一条狗跑来挡住了去路。赛来依·恰堪很气愤，正要用棍子打这条狗的时候，巴依走过来了，对他说：“赛来依，这么小的一个畜生，也值得你打吗？你也不看看这是什么地方？”

“请不要生气，老爷！我不知道，原来在这个村子里，狗也是属于你的子孙后代呀！怪不得你这样护着它。”赛来依·恰堪哈哈大笑地走了。

套　车

赛来依·恰堪给哈克木老爷赶车。近一段时间以来，哈克木喂马的苞谷一天天地减少了。原来他把喂马的苞谷都喂了羊，把羊喂肥了好宰了吃。赛来依·恰堪很生气，但对谁也没讲。

这一天，哈克木要到乡下去，叫道：“赛来依！快一点儿把车套上，我去看一看水库。”

“好，老爷，马上就来。”赛来依·恰堪回答说。

赛来依·恰堪到羊圈里把用苞谷喂肥了的羊牵来，把车赶到哈克木跟前。哈克木一看很奇怪地责问：“哎！赛来依，你今天疯了吗？为什么把羊牵来，难道让羊去拉车吗？”

赛来依·恰堪摸着小胡子说：“给马吃的苞谷都给羊吃了，我看这羊又肥又壮的，所以把羊牵来套车。试试看行不？”

以上四则乔家儒翻译整理

拆　店

有一天，赛来依·恰堪借了朋友的一匹马去逛巴扎。到了街上，他把马存放在骡马店里，就到街里去了。

赛来依·恰堪玩了一天，晚上回到店里一看，马厩里拴着很多匹马，而且马的大小、颜色以及坐垫都差不多，自己骑的是哪一匹却怎么分辨也认不出来。这事又不好问别人，他站在那儿愣了一会儿就上房顶上去了。他站在房顶上高声喊起来：“喂！伙计们，你们听着！我要拆这座店了，首先要拆马厩。你们赶快把自己的马拉走，不然发生什么意外，我可不管。”

逛巴扎回店的人也顾不得休息，跑到马厩里赶快把自己的马拉走了，最后剩下了一匹。

“哈哈！这就是我骑的那匹马了。”赛来依说完骑上马，高高兴兴地回家了。

店主听到赛来依·恰堪要拆店房，急急忙忙地跑出来一看，赛来依·恰堪已经走远了。店主呆呆地站在那里，还在纳闷。

吴其洪搜集　乔家儒　陈桂兰翻译

肉孜·喀尔的故事

（维吾尔族）

肉孜·喀尔是一位文人型机智人物。其原型肉孜·喀尔（1866—1971），出生在新疆托克逊县托台乡的一个穷布匠家庭。他曾在吐鲁番经文学校学习经文，是一个乡村知识分子。他善于言辞，诙谐多智，常编讲故事来嘲讽、抨击反动统治者和吸血鬼。他的故事在托克逊一带广为人知。

为了怜悯你

肉孜·喀尔赶着毛驴，和妻子到吐鲁番去。来到赛迪赫山[①]前的路口时，卖瓜的从驮筐里抱过来一个哈密瓜，口中叽里咕噜地念着有关祈求幸福的经文，把瓜交到喀尔手中。接着，他又跑过去抱过来一个，还念着刚才那段经文，把瓜送给喀尔。

肉孜喀尔怀里抱着两个哈密瓜，正要迈开脚步走时，妻子说：

“人家给你送了两个哈密瓜，为的是图个吉利。你咋连句回敬人家的经文也不念，就要走开？”

① 赛迪赫山：吐鲁番境内的一座山名。

"嗨，妻呀，你好糊涂!"喀尔说，"我没有念经文，卖瓜的都送了我两个哈密瓜。我要是再念段祝福经文，他会高兴地把驮筐里的瓜统统送给我的。这样，我只好让毛驴驮上瓜，你就要徒步走回托克逊去喽。我这是为了怜悯你呀!"

眼花缭乱

一个巴依监督长工打完场，把粮食扬净堆起来，正要往褡合里装时，肉孜·喀尔来到麦场上。巴依腆起大肚皮，指着粮堆好不得意地炫耀道：

"喀尔呀，你瞧见了没有？我的这堆麦子，说有多少，就有多少呀!"

肉孜·喀尔摇摇头，冷淡地说：

"巴依老爷，你大概是眼花缭乱啦！俗话说：'巴依见了财富，单数变成双数。'你准定是把一堆小麦看成两堆啦！你的这堆麦子究竟有多少？你还是用升子量一量，就知道啦。"

巴依讨了个没趣，哑口无言。

比狗还凶恶

肉孜·喀尔和妻子到了依拉湖[①]，从板塔尔阿吉[②]门口经过时，突然从大门里冲出来八条狗，"汪汪汪"地叫着扑过来，挡住了他们。妻子吓了一大跳，连忙躲在丈夫背后，哆嗦着说：

"哎哟，咱们可咋办呀!"

肉孜·喀尔毫不胆怯地说：

"八条狗算不了什么，板塔尔阿吉比狗还凶恶哩。要是他从门里冲出来，就会无事生非，故意找岔子，纠缠个无休无止。咱们还是快快走开吧!"

---

① 依拉湖：托克逊县的一个地名。
② 板塔尔阿吉：当地的一位大巴依。

说罢，他从地上捡起两个石头吓唬了一下，八条狗夹着尾巴跑进门去了。

念哪一段经文

有人要在自己家院落周围栽几株树，便去问肉孜·喀尔：

“喀尔大哥，栽树的时候念哪一段经文，树苗容易活，而且还长得茂盛?”

肉孜·喀尔直率地回答那人说：

“念哪一段经文都不顶用呀！你还是挖好坑，把土弄细，端端正正地栽上，然后浇上水，树苗才会活哩。如果做不到这些，别说念一段经文，就是你把厚厚的一本《古兰经》埋在树苗底下，树苗也不会活的!”

娃娃家没有腰

夏天，肉孜·喀尔从吐鲁番经文学府回家度暑假。到家的第二天，父亲带他去割麦子。割了半晌，肉孜·喀尔腰疼腿酸，恳求父亲道：

“爸爸，我的腰疼得直不起来啦，让我回家去歇一歇吧?”

父亲皱着眉头，说了一声：

“噢咦，你娃娃家哪儿来的腰？割你的麦子!”

无可奈何，肉孜·喀尔只好弯腰弓背，一镰一镰地好不容易割到了日头落山，才疲惫不堪地回到家里。

过了几天，父子俩摊开场，牵来马要套上碌碡打场时，一看，碌碡上没有木角。父亲便爬到场头的树上去砍，可是却忘记把坎坎带上。父亲在树上高声叫道，

“哎，孩子！去把坎坎给我拿出来!”

肉孜·喀尔进到屋里，把坎坎别在腰间，来到场上对父亲说：

“爸爸，没有坎坎呀!”

父亲见儿子腰上别着坎坎，生气地说：

“咳，蠢货！你腰间别的那是什么呀?”

“喂，爸爸，我哪儿有腰呀!”肉孜·喀尔说。

兵　乱

一天，肉孜·喀尔的一位朋友远道来托克逊看望他。喀尔的妻子为了招待客人，做了一锅美味的抓饭，在炕上铺开餐布，把抓饭盛在托盘里，还特意在上面搁了一块酥油，恭恭敬敬地端到客人和丈夫面前。

客人为了让酥油融化后流到自己一边，一面用手指在抓饭上划着道道，一面说道：

“喀尔朋友，你听我说呀！我父亲死了，你没有去；我母亲死了，你没有去……”

喀尔看见了，打断朋友的话说：

“唉咦，阿达西[①]！那时节，有兵乱的骚扰，把个好端端的庄子折腾得一塌糊涂，我没有顾得上去呀!”说着，动手用调羹把酥油和抓饭搅拌在一起。

以上六则肉赞木·买买提搜集　赵世杰翻译整理

这是蒸包子吃的南瓜

一年，肉孜·喀尔种了一亩南瓜，由于他起早贪黑的辛勤管理，南瓜长得很好，骨骨碌碌爬满一地。他怕有人来偷，就在每个南瓜把儿上系了条布条，作为记号。后来，他发现有人经常来偷他的南瓜。一天，他悄悄地隐藏在地头，一心想逮住偷南瓜的人。果然，到了中午，烈阳晒得人们都回屋里去歇晌的时候，一位妇女提个筐儿，一步一步地慢慢溜进南瓜地里。她朝四

① 阿达西：对朋友的一般称呼。

下望了望，看见周围没有人，便摘了个南瓜装进筐子里，还连忙拔了一把草掩盖起来。当她又弯下腰去摘第二个南瓜时，肉孜·喀尔“喀喀”咳嗽两声，走过来站在她面前。那位妇女的脸色刷地由红变白了，强自镇定了神色，问道：

“喀……喀尔，这……这是什么南瓜呀？”

“夫人，”肉孜·喀尔和和气气地说，“这是蒸包子吃的南瓜，你筐子里的是炒菜吃的南瓜。”

那位妇女十分羞愧，不知道是把筐子里的南瓜拿出来好呢，还是不拿出来好。

自找麻烦

一天，肉孜·喀尔正在院子里干活，忽听门外有人喊叫道：

“喂，喀尔！你家里有坎土镘——买土镘[①]没有？水渠里的水溢出来啦，你快出来堵堵呀！”

肉孜·喀尔停下手中的活，慢悠悠地走出来，对那人说：

“我有坎土镘，没有买土镘呀！”

那人很生气，说：

“喀尔，少啰唆！快进去拿坎土镘出来，把到处乱流的水堵住！”

“啰唆的是你哩，”喀尔说，“你问我有没有坎土镘不就得了吗？偏偏还啰里啰唆地问有没有买土镘，给你自己找麻烦哩！”

过错在毛拉

有人把孩子送到一位毛拉家中受教育，孩子一无所获。那人很是纳闷，

① 坎土镘——买土镘：维吾尔语复合词构词格：前一个是实词，后一个是根据前者的语音结构造成的音组，两者结合起来表示泛指。但单独说出音组时，不指任何具体事物。

便去对肉孜·喀尔说：

“我的孩子在某某毛拉家中学了三年，我问孩子学了些什么？孩子说他读了不少书本。我问都读懂了吗？孩子说书本上写的他连一句都没弄明白。我又问他为什么？孩子回答说：‘毛拉自己都不晓得哩，我怎么能知道！’你看我这孩子，多不争气呀！”

肉孜·喀尔听罢，宽慰那人说：

“我深知某某毛拉，他肚子里装的尽是麦草，根本没资格当人的师表。你的孩子讲得很对，你别埋怨他，过错在毛拉呀！”

以上三则萨迪拉·塔赫尔搜集　赵世杰翻译整理

塔特里克·卡萨的故事

（维吾尔族）

塔特里克·卡萨是一位小贩型机智人物。其原型塔特里克（1868—1948），出生在托克逊饶勤杜孜的一个贫苦农民家庭，一生主要在县城里做小买卖。他思想敏锐，诙谐风趣，常用幽默故事嘲讽反动当局，鞭挞邪恶势力，颇受民众喜爱。他的趣闻大多由此类故事演变而来，流传于新疆托克逊一带。

伯克下饭馆

一天，一个长相十分难看的伯克，带着几个打手和流氓耀武扬威地溜进县城巴扎一家饭馆里，砸桌凳的砸桌凳，敲碗筷的敲碗筷，叽叽喳喳，闹闹嚷嚷，把好端端的饭馆折腾得乱七八糟，乌烟瘴气，还放肆地谩骂侮辱堂长和提壶的。塔特里克·卡萨从门外看见了，愤慨地跨进饭馆，对堂长说：

“老兄，我来替你当堂长，与他们周旋。”

伯克和流氓们吃饱喝足后，伯克一边擦嘴巴，一边喊叫道：

“算算账，老子该交多少钱？”

塔特里克·卡萨从墙上取下算盘，噼里啪啦地拨拉了一阵，两眼盯着伯克，扬声回答道：

“头戴羊皮帽、喉咙长硕瘿、后颈堆脂肪、腆着大肚皮、个头矮又低、腰身粗且圆的某某伯克阁下，算出来啦：您应该交十六元钱！”

顷刻间，饭馆里的人们望着伯克哄堂大笑。

伯克骨碌骨碌地转动着眼珠，暗自在心中哼哼着，把钱丢在钱盘子里，一声不响地带着打手们溜出了饭馆。

一具驴鞍垫

塔特里克·卡萨做买卖时，一天，城里一位富有的阿吉[①]对他叮咛说：

“你若碰上什么值钱的东西，就拿来卖给我。可千万不要卖给别人呀！”

阿吉前前后后从塔特里克·卡萨手里拿去了不少好东西，可从没给过他一文钱。塔特里克·卡萨曾多次登门催要，阿吉不仅不给钱，还恶言恶语地侮辱他一番，把他轰出门外。

一天，塔特里克·卡萨从牲口草房里翻腾出搁了五十年的一具驴鞍垫，用一块崭新的单子包裹着，送到阿吉家里，说：

“阿吉阁下，我又弄到一件珍贵的东西，我想您一定很喜爱，特地给您送来了。”

“好哇，谢谢您！请您打开我瞧瞧。”阿吉惊喜地说道。

塔特里克·卡萨不慌不忙地打开单子，提起驴鞍垫在阿吉面前使劲抖了抖，顿时屋里罩满了尘土。阿吉呛得“喀喀”咳嗽着，连忙用手捂住鼻子，气得眼里冒火，要动手打他。这时，塔特里克·卡萨摆摆手说：

“慢着，阿吉阁下！实话告诉您：对您来说，再也找不到比这件破烂驴鞍垫更珍贵的东西了！”

阿吉生怕此事传出去被人笑话，就把欠下塔特里克·卡萨的钱，统统给了他。

---

① 阿吉：去圣地朝觐过的人。

祭祷巴依

塔特里克·卡萨到了焉耆县城，一个巴依见他穿着毛拉的服装，便向他问道：

“您是阿訇吗?”

“是呀，我是阿訇。”塔特里克·卡萨回答说。

巴依说：“我们村上一位地位显赫的巴依死了，可是还张着嘴巴。请您去念念经，祭祷祭祷，给您的报酬是十六只绵羊。”

塔特里克·卡萨同意了。那位巴依带他来到死者遗体前，待吊孝的人规规矩矩地跪在地上时，塔特里克·卡萨振振有词地念道：

我到了焉耆，
您不幸死去。
死了位巴依，
我何必悲伤！
啊，伟大的真主！

其间有位懂得念祭祷经的来宾，心里咯噔一下，当场不好说什么，只是嘴一噘，哼了一声。

塔特里克·卡萨瞪了那人一眼，一本正经地继续念道：

您闭紧嘴巴，
别哼也别哈。
十六只绵羊，
给您八只吧！
啊，伟大的真主！

在场的吊孝者和来宾们，鸦雀无声，恭谨严肃地在地上跪拜。

祭祷完毕，塔特里克·卡萨欢欢喜喜地赶着十六只绵羊，离开了这位巴依家。

揍县官

一天，塔特里克·卡萨在巴扎上闲逛转悠，碰上了一位穿着阔气的大巴依。塔特里克·卡萨对巴依说：

“我不仅不惧怕县官，还敢随随便便地揍他一顿。”

巴依嘴一歪，牙一龇，讥讽地说：

“穷光蛋，别吹牛啦！像你这样衣裳穿得破破烂烂的人，还敢打县官老爷？我不相信！”

塔特里克·卡萨拍拍胸脯说：“我就敢打他。倘若你不相信，咱们打个赌吧！”

自私贪婪的巴依，为了白捞一笔钱，眼珠子转动转动，便盯着塔特里克·卡萨说：

“好哇，打赌就打赌！假如你敢打县官，我输给你五十块银圆；要是你不敢打，你输给我五十块银圆。”

塔特里克·卡萨答应了，两人朝县衙走去。刚走进衙门院落，迎面碰上了县官，塔特里克·卡萨一抬手，就朝县官脸上“啪”地扇了一巴掌。县官顿时神色惨变，惊恐万状，摸着老脸，咆哮道：

“噢咴，穷光蛋，你好大胆子，竟敢动手打我！”

塔特里克·卡萨毫无惧色地说：“县官老爷，我在打吸人血的蚊子哩！您不信，请瞧瞧我手里的是什么东西！”说着，展开巴掌，指着手心里的一只死蚊子让县官看了看。

县官没话可说，耷拉着脑袋走开了。

就这样，塔特里克·卡萨赢了那个巴依的五十块银圆。

狗的席位

一天清早，伯克的家丁来到塔特里克·卡萨跟前，说：“伯克大人命令你马上去参加他的家宴，可不能耽搁时间呀!”说完掉头走了。

到了傍晚，塔特里克·卡萨才磨磨蹭蹭地来到伯克家中。一看，来的都是县上的官员和各村的头目，宴会已散席，客人们起身要走。塔特里克·卡萨一边抚胸弯腰向大家问好，一边大模大样地走过去坐在上席。

“哼，那是狗的座位吗？走，给我滚开!”伯克见塔特里克·卡萨来迟了，恶狠狠地骂道。

塔特里克·卡萨笑了笑，说：“哦，要是我早知道这是狗的位置，我就索性不来啦。”说罢，离开席位扬长而去。

以上五则托合提·沙比尔　热罕则慕·肉孜搜集

赵世杰翻译整理

阿勒达尔·阔赛的故事

（哈萨克族）

阿勒达尔·阔赛，又译作阿尔达尔·考萨或阿勒的尔·库沙。他是最著名的哈萨克族机智人物。在哈萨克语中，“阿勒达尔”意为善骗者，“阔赛”意为没胡须的，他的名字可译为没胡须的善骗者。他的一生是在与国王、财主、高利贷者、奸商及一切邪恶势力的斗争中度过的。他以行骗作为斗争手段，利用反面人物贪婪、吝啬、愚顽、蠢笨的弱点进行报复，让这些家伙常常处于被戏弄、被鞭笞的境地，替人们出了怨气。他的故事在哈萨克族中广为流布，深受人们的喜爱。

巧夺宝马

阿勒达尔离开了家乡，徒步到远方去游历。有水的地方他白天走，无水的荒原夜里过。累了就到种田人的村庄，或者到巴依牧工的游落[①]去投宿。走了一个星期又一个星期，走了一月又一月。有一天，他住在一个牧羊人的家里，附近牧驼人的儿子急匆匆地跑了进来告诉大家：“奇海巴依养的那个

① 游落：游牧民族的流动居民点，最小的不过一两顶毡房。

狠毒的强盗牵着一匹儿马到奇海巴依小老婆的毡房里来了，那马浑身上下的毛像缎子一样光溜，马鬃、马尾赛水獭，牙齿像珍珠，眼睛亮得像明星。人都说这马小跑追飞鸟，大跑赛疾风，可是个宝马。奇海巴依想要配出好马驹，叫贼从远处替他偷的。他怕路上的尘土落到马身上，吩咐用绸子做马被，给马披上，又用丝线挽了笼头把他牵了来。我爸爸见了这匹马，说真是应该传种的好种马。可是奇海巴依怕别人知道了来留种，要把它赶到人们到不了的深山里去，这宝马该绝种了！”

“可不是，要能配出好马驹来该多好哇！”牧工们只是叹息。

阿勒达尔说：“这有什么难的！我去从强盗手里把宝马弄过来，叫你们都有个好马驹。”

屋里的人你一言我一语地说开了：“小伙子啊，那家伙心毒手辣、老奸巨猾，可不是好对付的。”

“奇海巴依自己舍不得穿的衣服给他穿，自己舍不得骑的好马让他骑。这样的大盗能让你得手？”

阿勒达尔问：“那贼什么时候动身？走哪条路？”

“明天一早穿过橡树林到奇海巴依的家里去。”

“那我今天就动身。”阿勒达尔说完就走了。他沿着橡树林中间的羊肠小道，来到一个拐弯处静静地等着。

日头一竿高的时候，贼进了树林。他在奇海巴依小老婆的毡房里喝了一夜马奶酒，没顾得上睡一会儿。这会儿天一热，他瞌睡上来了，在马背上打起盹来。阿勒达尔等的就是这个时机，强盗刚一过来，阿勒达尔顺手一把就把牵在他后头的那匹宝马的笼头扒了下来，把马牵进路旁树木浓密的地方拴起来，然后，他揭下马被，披在自己身上，抓起一把青泥抹在自己脸上，再把马笼头套在自己头上，任凭强盗牵着走。走出一段路以后，阿勒达尔猛然停住不走了。骑在马上打盹的贼睁眼看到他的模样，魂儿都吓飞了。哪来的这么个怪物，自己还以为牵着马呢。强盗扔下缰绳，狠抽自己骑的马，没命地跑了。

“嗨！你把我当儿马吗？可别把我扔到这死树林子啊！”阿勒达尔呼扇着

身上的马被，追出去老远。

“真主保佑，怪物快走！”强盗嘴里嚷着，只顾没命地跑，一口气跑到奇海巴依家，讲了路上的遭遇。奇海巴依一听，夺了他的马，扒了他的大衣，把他狠揍一顿，赶出了毡房。阿勒达尔呢？骑着宝马回到游落，穷人家把骡马都赶来放进了宝马的小群里。哈萨克的良种青骢仙脸大挽马就是从这儿传下来的。

师忠孝　魏泉鸣翻译整理

到财主家里做客

那时候，有一个非常吝啬的财主，名叫拜尔买斯巴依。他的牛羊多得数不清，他的财宝多得没处放。可是，他像一只“铁公鸡”——一毛不拔，别人和他交往，不但沾不到他半个小钱的便宜，还少不了要吃点儿亏。因此，人们在表示自己肚子饿的时候，往往会说这样一句反话：“我的肚子饱得像在拜尔买斯巴依家做客一样！”

一天，阿勒达尔·阔赛想到拜尔买斯巴依家里去做客。人们听到了，都笑着说：“阔赛，小心着，别把你的肚子撑破啦！”

“走着瞧吧！”阿勒达尔·阔赛挤挤眼睛说，“我反正不会饿着肚子回来的。”

阿勒达尔·阔赛骑上自己的白鼻梁马，朝着拜尔买斯巴依家走去。他愉快地唱着歌，想着要逗一逗这个吝啬的财主。当他来到拜尔买斯巴依的帐篷前面的时候，便轻轻地下了马，踮着脚尖走近帐篷，从帐篷缝儿里向里一看，见拜尔买斯巴依正蹲在火炉旁边切马肠子，他的老婆在揉面，姑娘在拔鸡毛，仆人在烤羊头。阿勒达尔·阔赛咳嗽了一声，笑着走进帐篷去。一听见咳嗽声，主人忙忙乱乱，就把正在干的活儿都收拾了。

拜尔买斯巴依让阿勒达尔·阔赛坐下，便假装殷勤地闲扯起来：“亲爱的客人！你到我家来，我感到很高兴。可有什么新鲜事儿谈谈吗？”

“世界上的新鲜事儿可多啦!”阿勒达尔·阔赛微笑着答道，“让我讲亲眼见到的呢，还是讲听到的呢?”

“听到的也许不真实，还是讲讲看到的吧。”拜尔买斯巴依说。

“好，让我讲讲今天最后看到的新鲜事儿吧！在我走向你们这儿的路上，遇到了一条蛮大蛮大的蛇。这条蛇，它足有你座下的马肠子那么粗；我用像你仆人烤炙的羊头那么大的一块石头，打了它一下；它就像你老婆背后的面团一样缩成一堆！——亲爱的主人！我若说了一句谎，就让我像你姑娘裙子下边的鸡儿一样，被开剥肚子!”

“呵，真是新鲜事儿!”拜尔买斯巴依摇了摇头说。他实在不乐意招待这个客人，但是，既然自己正在准备的食物，全让阔赛瞧见而且又说出来了，按照哈萨克的习惯，也就只好拿出来叫他吃了。

阿勒达尔·阔赛美美地吃了财主一顿。财主心里很不高兴，便和老婆悄悄商量：等到半夜里，想法把阿勒达尔·阔赛的马杀了。可是，阔赛早就随时留心着财主的行动。他们偷偷商量的时候，全叫阔赛听到了。天一黑，阔赛先暗暗走到外边去，把自己的马的白鼻梁，用泥涂掉，又用白粉给财主的马，画了个白鼻梁。然后，回到帐篷里安安稳稳睡去了。

半夜里，拜尔买斯巴依摇醒了阿勒达尔·阔赛，大惊小怪地说：“喂，客人！你的马得了重病，正在索索发抖，怎么办呢?”

阿勒达尔·阔赛起也不起来，随口回答说：“宰了它吧，好让我们吃肉!”

拜尔买斯巴依心里说：“这回该你倒霉，可怪不着我呵!”便在黑地里找着白鼻梁马杀了，剥了皮，打发老婆把马肉煮了一大锅。当肉煮熟了的时候，阿勒达尔·阔赛起了床，大块吃着熟肉，大碗喝着肥汤，又美美饱餐了一顿。

第二天，拜尔买斯巴依知道了杀死的是自己的马，又气又羞，有苦说不出，只好呆瞪着两眼，瞅着阿勒达尔·阔赛大摇大摆地骑着马回家去了。

郝关中翻译整理

高利贷商人的四十头犍牛

阿勒达尔到远处去赶集，路上遇到一个商人带着几个伙伴赶着四十头肥壮的犍牛。

“祝你们的犍牛出手快!”阿勒达尔向商人们打着招呼。

“难出手的货物我还没卖过。”商人说。

“别误会，我是说祝你赚大钱嘛!”

“我卖多卖少都净赚。四年前，一帮穷光蛋用还没有生下来的牛犊赊了我们一匹布、一撮茶叶、两颗马钱子、一勺儿纳斯烟。受累的人都是我赚钱的好主儿。——他们哪里知道四年以后牛犊要变大犍牛呢？你看，在城里只够一天花销的一点儿钱，一赊给这帮穷光蛋就变成了四十只大犍牛。”商人说着“咯咯咯”地笑了起来。

“咳，也真是！胡大总是偏心眼，一照应谁就老照应。你看，这不是又叫你遇上了我吗？……我也是个空着双手进城的穷人，这些牛我替你赶进城吧，只求你给我的孩子们买些杏子，再给我买一顶小帽儿。”阿勒达尔说。

“我还正在琢磨：这么一个可怜虫，胡大怎么就不照应呢？好吧，就照你说的，我给你一袋杏子，再给你买一顶漂亮的小帽儿！怎么样，我说傻瓜?”

“成!”阿勒达尔装作挺老实的样子。

“就这样吧。我们还要在路上找个有漂亮女人的店休息三四天，也让马歇歇。你捡草多的地方让牛一边吃一边慢慢往城里赶。到了城外的苇湖边就停下来，让牛吃饱了再进城。”

“嗯。”

阿勒达尔嘴上说要赶牛去吃草，却把牛从大路上赶上捷路，棒打石砸。第二天一早就进了城，雇了几个屠夫，把四十头牛全宰了，卖了肉和皮，只留下牛尾巴。阿勒达尔把牛尾巴插到湖中漂浮着的乱苇子上，任它漂去。回头在湖边搭了个小窝棚，躺进去睡大觉。过了几天商人来了，不见牛的影子，急忙沿着湖边找，看到一个小窝棚，进去一看，阿勒达尔正躺在里头。

“嗨，放牛的，牛呢?”

“掌柜的，放心吧，你的牛正在长膘呢！自打到了湖边，多了好多，这些牲口有了玩的啦，可高兴呐！……”

“怎么会多了呢?”

“苇湖里头哇，尽是水牛，三三两两地上岸吃草。你的牛来了以后，跟它们混熟了，白天跟着水牛下水吃水草，傍晚出来玩。你没见那边的牛尾巴吗？那就是它们在跟水牛玩呢！胡大说，‘我照应了谁，就老照应。’这话可真是一点儿不假。这一回也不叫你花费纳斯烟和马钱子就白送给你这么多牛。到明年你的犍牛准有二百头……”

“哎呀，你瞎诌些什么呢？你说，我的牛都在水底下吗?”

“当然啰！一块放牧的牲畜可是水火不顾的，水牛一下水，你的犍牛便拦也拦不住！一个个瞪着一对红眼睛‘扑通扑通’直往下跳。你看，那不是牛尾巴吗？你要不信，把马给我，叫我再牵上一匹，马蹄哒哒一响，再到那边一吆喝，一会儿这边就尽是牛了。”

“去吧！把马骑上，快点儿给我赶过来!”

阿勒达尔骑上一匹马，牵着一匹马，沿着湖大声吆喝着飞奔而去，越跑越远。商人和他的伙伴在湖边傻等。天快黑了，对面吹来的风终于把插着四十个牛尾巴的乱苇子吹了过来，吹到了岸边，那牛尾已经一块一块地掉毛了。商人捡起牛尾，骂道：“咱们骗来了这么多牛，这回却碰上了阿勒达尔，又叫他把咱们骗了。走，咱们进城到汗跟前告他去，得出出这口气!”商人和他的伙伴连马也丢了，只好悻悻地一步步朝城里走去。

师忠孝　魏泉鸣翻译整理

母马掉驹

很久以前，阿尔卡山的旁边有一个城市，城市里住着一个狡猾的毕①，他统治着城市，还统辖着山里的哈萨克人。人们谁也不敢违抗他，否则就要受到严酷的处罚。

一天，毕的一只母马掉了马驹。毕说："这是由于山上的儿马嘶叫，才使它掉驹的。"于是派人去告诉山里的人，叫他们赔偿。山里昏庸的官员和毛拉听到了这个消息，忙成了一团，赶快去查问谁家的儿马叫过，好叫谁家去赔。这时，阿勒达尔·阔赛来了，他对官员和毛拉说："这件事你们派我同他讲理去吧！不过你们要借给我一头公牛、一只山羊和一支枪。我骑在公牛背上，手里还要抱着一只山羊。"官员和毛拉们虽不知道他葫芦里卖的什么药，还是把这些东西给他准备好，派他到城里去了。

阿勒达尔·阔赛直接来见毕。毕问道："你们的官员和毛拉呢？"阿勒达尔·阔赛说："你找我们的官员吗？他笨得像我骑的公牛一样。你找我们的毛拉吗？他懦弱得像我抱的山羊一样。你想说什么就对它们说吧！"说着，阿勒达尔·阔赛就朝着毕的狗开枪。

毕急忙说："你疯了吗？你为什么朝着我的狗开枪？"阿勒达尔·阔赛说："我们山里的羊被狼吃了，你的狗在城里为什么不叫？要这样的狗有什么用？干脆打死算了。"毕说："阿尔卡山离这里少说也有五十里路，你们的羊在山里被狼吃了，我的狗在城里怎么会知道？"阿勒达尔·阔赛说："那么我们的儿马在山里叫，你的母马怎么能听到呢？你的母马掉驹，又怎么能怨我们呢？"这样一来，毕没话可说了。阿勒达尔·阔赛胜利地回到山里去了。

郝关中翻译整理

① 毕：过去哈萨克族的一种官员的名称。

赢了汗六千金币

从前，有个汗对百姓敲骨吸髓，极力压榨。他绞尽脑汁，想了十年，琢磨了三十年，想出了一个掠夺百姓财物的新花招。他对治内的百姓传下了圣旨：“无论谁，只要能编出谎来叫我相信，我就给他六千金币、委任他当一个富庶的省城的长官，我的四十个公主里面任他挑选一个，还把我的宝石翅膀、红玉嘴巴、翡翠尾巴的金鸟送给他。如果说的谎不能使我相信，富则将全部财产充公，穷则要了他的命。”

听了圣旨，百姓都觉得很奇怪，大家议论纷纷：“真是‘无聊的可汗搓衣襟[①]’！那金鸟是他父亲攻打七个小国，用劫掠来的财宝制作的。看来他是想把它送给最会编谎的人了，还不是那些靠编谎过日子的人得它？不是巴依，就是伯克，再不就是商人、小头目。”

有的说：“我们还有妻儿老小靠我们养活呢，这条命虽说活得够腻烦的，可也不能抛下家小送给汗哪！叫他的金子见鬼去吧！”穷苦人没有一个去的。

有钱的、当官的、有点儿名气的滑头们，瞅着金子眼馋，望着官爵心痒，一个个挖空心思地进宫说谎来了。

他们都从古代传说故事中的小秃头的四十个谎里头东拼西凑地瞎编，汗总是闭上眼睛听着。说谎的人刚一住口，汗就睁开眼睛问：“讲完了吗？还有吗？”

“讲完了，陛下。”

“好哇！”汗说，“这也能算作谎话？还没有出世就替太上老祖宗放马，这个谁不会？我昨天还骑着甲虫捉了九只兔，用长在老鼠脖子下边和腿拐上的长蛇毛拧了条大绳，把兔子搭到狐狸背上驮回了家。卫士们！把他的家产拿来归库！”

“骑青马飞上青天”，“到天堂去摘了果子回来”都成了真话，讲这些谎

---

① 无聊的可汗搓衣襟：哈萨克族俗语，用以嘲讽旧时统治者非常无聊。

话的人的家产都被抢光了。汗的金库堆得满满的，一直堆到门口。这个时候阿勒达尔来了，胳肢窝夹着个杂色粗毛大口袋，那口袋大得把一个骑马人连人带马装进去还绰绰有余。

“尊贵的陛下！我有话禀奏。”

“你是想叫我信了你的谎话好得金子的吧？”

“不，陛下！我一生从来不会编谎。就连真话也说得前言不搭后语的。我住在那边的大草原上，名叫阿勒达尔，父名阿勒旦，我是个老老实实的平民百姓。我找您有点儿事。您是昂拉玛斯汗的儿子阿拉帕尔汗吗？”

“叫你说着了。”

“您的父王跨马出巡的时候，有一次迷了路到了我的家里，就用这个大口袋装走了满满一口袋金子，他说：‘等我的阿拉帕尔即位以后，当他传旨说谁说的谎话能叫他相信，他就给谁金子的时候，你到宫中去取。’”阿勒达尔说着把叠了八折儿的大口袋摊开，撑开口儿给汗看。

“陛下，您如果认为我说的是谎话，就把您许的东西给我，您如果说是真的，就给我用它装满金子。”说着提着口袋站起身来。

汗一看慌了，这么个大口袋，就是把他的祖宗八代的骨头都捡来也装不满，只好把答应的东西给他。阿勒达尔没有要省长职位和公主，只把金鸟和六千金币拿回去了。

师忠孝　魏泉鸣翻译整理

骑魔鬼

一次，阿勒达尔·阔赛出外去旅行。路上，他碰到了一个魔鬼。魔鬼要和他结伴同行，他答应了。于是他俩便在漫长的旅途上走着。走了很久，都感到疲乏了。魔鬼心生一计，想占一占阿勒达尔的便宜。

“朋友！”魔鬼说，“咱俩这样长途跋涉，实在没啥意思。咱们何不轮流着一个骑一个走呢？”

“好得很！好得很!”阿勒达尔·阔赛满口赞成说，“但是，到底谁先骑谁呢？这还需要商量一下。”

魔鬼想了想，说：“这样办吧——哈萨克人有个习俗，对年长者应该尊重。咱们说说，谁的年纪大就让谁先骑好了。”

“好办法!”阿勒达尔·阔赛说，“那么，请你先说说你的年纪有多大吧!”

魔鬼得意扬扬地念道：

当我出生的时候，
我就观察了宇宙，
那时候的大地呵，
不大不小，恰像我一只手!

听魔鬼这么说，阿勒达尔·阔赛忽然呜呜咽咽哭起来了。魔鬼惊异地问道：“喂！你这是干什么？莫非因为轮到我先要骑你而发愁了吗?”阿勒达尔·阔赛摇着头，越发哭得凄惶。

“究竟为了什么？你说呀!”魔鬼恳求道。

“唉!”阿勒达尔·阔赛叹口气，“当你一提到你出生的时间，就使我回忆起自己过去的悲痛。”然后悲伤地说道：

当你出生的时候，
有一个盛大的婚礼宴会，
我骑着马去参加，
不料我小儿子就在那时死去!

说着，他摇头皱眉，显出非常难受的样子。魔鬼安慰他说道：“既然这样，就请骑到我的脖子上吧！你的苦楚也够大的了。”

阿勒达尔·阔赛跳起来，骑到魔鬼的脖子上，说：“亲爱的伙伴！你很尊敬老人，那么，快走吧！”

魔鬼问道：“你骑多久呢？”

“我唱一支歌子，直骑到这歌唱完了为止。”说着，阿勒达尔·阔赛便“阿罗来！阿罗来！……”唱了起来。

这样走了很久，魔鬼实在疲乏极了，问道：“你这‘阿罗来’啥时候才唱完呢？”

“‘阿罗来’还没有唱完，就是唱完了，还要接着唱‘阿里牙达’呢！”

阿勒达尔·阔赛的“阿罗来”唱个没完没了，魔鬼累得要死。后来，他想了个摆脱阿勒达尔·阔赛的办法。在一个地方休息的时候，魔鬼问道：“世界上每个人，都有他自己最害怕的东西——亲爱的伙伴，请你告诉我，你最最害怕的东西是什么？”

阿勒达尔·阔赛回答说：“你问我最害怕的东西吗？呵！那莫过于煮熟的马肠子和带酒味儿的酸奶子了。”

等阿勒达尔·阔赛睡着了以后，魔鬼跑到一个地方，找来了马肠子和酸奶子，放在阿勒达尔的身旁。他想：阿勒达尔·阔赛醒来时，一看见这东西，吓得不跑才怪呢！

第二天，阿勒达尔·阔赛醒来了。他看见面前现成的马肠子、酸奶子，没有吭声，抓过来又吃又喝，吃了一个饱。

魔鬼奇怪地问：“你不是很害怕这两样东西吗？”

阿勒达尔·阔赛打着嗝儿，回答说：“正因为我非常害怕，才赶快把它们咬碎嚼烂，吞下肚里，这样就比较安全了——好，咱们上路吧！”

阿勒达尔·阔赛又骑到魔鬼的脖子上，口里不住地唱着“阿罗来”“阿里牙达”，欣赏着一路美丽的自然风光，他觉得这次的长途旅行实在快乐极了。

郝关中翻译整理

霍加·纳斯尔的故事

（哈萨克族）

霍加·纳斯尔，即维吾尔、柯尔克孜、乌孜别克、塔吉克等民族的著名机智人物阿凡提。其故事作品甚多，流传于新疆、青海等地的哈萨克族聚居区，很受民众喜爱。

做　梦

有一年，是个灾年。霍加·纳斯尔到一家简陋的毡房里做客。这座毡房里住着两个吝啬的亲兄弟，毡房中除了他俩，再没有旁人。当霍加·纳斯尔走进毡房时，他们的锅里正煮着一只鹌鹑。

霍加·纳斯尔一来到，他们马上撤去了锅下的柴火，在锅架上挂上了一壶茶。

“你们干吗煮茶添麻烦呢？我们喝上一碗肉汤，让油花沾沾嘴唇，不就行了吗？”客人说。

“您先喝碗茶吧！锅里煮的只有一只鹌鹑，我和我弟弟两人打算睡觉时分别做上一梦，第二天喝早茶时，各自把梦讲述一遍，我俩谁的梦好，这只鹌鹑就归谁吃！”两兄弟中的哥哥说。

“这么说，我也需要做梦吗？”霍加·纳斯尔问道。

“当然，您同样需要做梦。假如您的梦比我们两人的梦都好的话，鹌鹑就归您吃！怎么样？现在请喝茶吧！”两兄弟中的哥哥说。

就这样，霍加·纳斯尔在这一对吝啬兄弟的捉弄下，肚子仍然瘪着就躺下了。

第二天清晨，当他们起床穿衣服的时候，霍加·纳斯尔便先问起哥哥夜里所做的梦来，哥哥说道：

“哎呀呀！霍加坎[1]，您猜怎么样？我梦见我的妻子和两个孩子全都披绸穿缎，骑着神鸟，在辽阔的蓝天里自由翱翔，穿过一团团的白云，向天空中最美的太阳和月亮飞去。那里应有尽有，地上遍布着财宝。可是，我连看都不看一眼。天空中星星眨着眼睛，感到十分惊奇。我们越飞越高，星星都簇拥在我们周围。”

“那么，你又做了什么样的梦呢？”哥哥的话音刚落，霍加·纳斯尔便问弟弟道。弟弟马上接着说开了：

“我哥哥在天空飞翔的情景，我也在梦中见到了。但是，我的梦更奇特。我梦见一下子娶了三个老婆，又生下了十三个孩子，我们全家想吃什么便有什么，过上了非常富裕的生活。我又被百姓们推选为可汗。一天，我们坐上了轿子，来到了海边。然后，又坐上船，在无边无际的大海里游玩、散心。世上的百姓全都惊异地望着我们。可是，我们连看也不看他们一眼。”

这时，霍加·纳斯尔说道：

“嘀，嘀，你们两个的梦都很有趣。我在梦中一直看着你们俩干这又干那，我自己却一直没有做梦的机会。然而，我想：你们两个都过上了这样幸福、豪华的生活，一个在天上飞，一个在海里游，对你们说来，这口黑锅中煮的这只又小又不好的鹌鹑，还有什么用呢？于是，我半夜爬起来，把它吃了！”

两兄弟目瞪口呆，把锅盖掀起一看，肉没有了，正像霍加·纳斯尔说的那样，早已被他吃到肚子里去了。

---

[1] 霍加坎：霍加·纳斯尔的昵称。

谁是笨蛋

有一天，一个毛拉向霍加·纳斯尔询问有关宗教法律的规定，打算当众奚落他一下。他这点儿鬼心眼，霍加·纳斯尔早有察觉，便抢在毛拉之前说道：

“请您先把古兰经从‘依拉黑’开始，到‘随布汗阿拉’为止读一遍吧！”

毛拉不知道他说的是哪一个“依拉黑”，哪一个“随布汗阿拉”，十分生气，便说：

“呸！笨蛋，你还配说从哪段到哪段吗？你是个连字母都不认识的笨蛋！”

“唔，毛拉，您可是个认识字的聪明、伶俐的毛拉啊！那么，请您认一认，我写的这是什么字？”说着，霍加坎坐下来，用食指在地下胡乱画了几道弯弯，并问道：“这是什么字？”毛拉见后，半天答不上来。于是，霍加坎说：

“你看，到底谁是笨蛋？”他用手指着地下说，“这个字就叫‘牛尿’。”

以上两则黑纳什坎·卡木扎搜集　成勋　朱曼翻译

可汗的身价

一天，霍加和可汗一块去洗澡。澡堂里很热，可汗觉得很舒服，高兴地问霍加：“说真的，我就这样光着身子，拿到市场上去当奴隶卖的话，能值多少金子？”

霍加·纳斯尔说：“十锭金子。”

“胡说！你睁开眼看看，就光是我胸前这条围巾还不值十锭金子吗？”可汗生气地说。

"是呀！我说的就是这条围巾呀！英明的可汗。"霍加说。

谁比可汗的力量大

一天，可汗问霍加："在世界上还有比可汗的力量再大的人吗?"

霍加说："有。"

"是谁?"

"种庄稼的。"

"种庄稼的有什么力量?"

"种粮食呀！庄稼人要是不给粮食吃，可汗的力量由哪里来呢?"

以上两则常世杰翻译

霍加·纳斯尔和可汗

有一天，霍加·纳斯尔和一个财主吵架，两人纠缠不清，便到可汗那里去，请可汗审判这场官司。

霍加·纳斯尔早已料到财主要给可汗行贿，可汗会替财主说话。于是他便暗暗在怀里揣一块大石头去见可汗。当可汗听完双方的陈述，准备宣布判决时，霍加·纳斯尔连忙咳嗽了一下，可汗望了望他，他就用拳头指指怀抱。可汗见他衣襟里鼓鼓囊囊的，以为是他带来行贿的金银，喜出望外，心想：霍加·纳斯尔一定是在向我示意说，你要是替我说话，我就把这些黄金都给你。于是，他便很严肃地宣布霍加·纳斯尔无罪。财主对这个判决很不满意，便生气地走了。

财主走了以后，可汗嬉皮笑脸地把霍加·纳斯尔叫到跟前说："嗯！霍加大哥，我叫财主在你面前低头认输了，你对我很满意吧！现在该把你怀里的金子给我了。"

"陛下，我并没给你带来什么金子银子，我怀里装的是块石头。"霍加·

纳斯尔说着就把怀里的石头往可汗的面前一扔。

“那么，我刚才审判你们的案件时，你用拳头指指怀抱，又向我挤眉弄眼，是什么意思？”可汗失意地问。

霍加·纳斯尔不慌不忙地答道：“哎！陛下，我用拳头向怀抱示意是说，可汗，你要公道一点儿，不然，我就用这块石头砸死你。”

可汗无言对答，只得放他回去。

尤素夫·赫捷耶夫翻译

吉林谢的故事

（哈萨克族）

吉林谢是一位劳动者型机智人物。他足智多谋，能说会道，经常为穷人排忧解难，并与形形色色的吸血鬼斗智，使对方一筹莫展。他的故事在新疆哈萨克族聚居地区流布甚广。

选　妻

吉林谢年轻时曾当过说唱艺人。那时，他是一个无忧无虑的单身汉，游历四方，到处弹唱，诉说了穷人的酸甜苦辣，唱出了百姓的喜怒哀乐。他虽然年纪轻轻，却已名扬千里，受到了人们的尊敬和爱戴。

吉林谢已经到了该成家的年龄了，可是亲朋好友给他说了多少个姑娘，有的美貌无双，有的伶俐能干，他却一个也看不上。他决心找一个聪明过人、称心如意的姑娘，缔结百年之好。

一天，他远离自己的家乡，来到一个陌生的地方。在这遥远的异乡，他人地两疏，眼看太阳偏西，还没找到落脚的地方。这时，他隐隐约约看到远处有个阿吾勒①，却找不到通到那里去的路。他转呀找呀，好不容易在一片

① 阿吾勒：牧民集中居住地。

沼泽地边看到了一群姑娘。姑娘们拾好了牛粪，正嬉笑休息呢。吉林谢向姑娘们问了好，就打问到前边那个阿吾勒去的路在哪里。

姑娘们见来了陌生的小伙子问路，喊喊喳喳了一阵，你推我让了一番，才有一个姑娘大大方方地出来说："要到前边的阿吾勒去呀，这儿有一条路，你直直走去，虽然近却又远；那儿还有一条路，你绕着走，虽然远却又近。"吉林谢忙着赶路，没有深思这句话的含义，就说："嗐！真啰唆，既是近路哪里会又远呢？"于是骑着马径直朝姑娘说的近路走去了。这条路引到芦苇丛中，从沼泽地中间直穿过去，乍看起来还很平坦呢。吉林谢走着走着，走到离阿吾勒不远、沼泽地快过完时，马的前蹄突然陷了下去。随着马失前蹄，他也从马的头前栽了出去。他一翻身跳起来，踩在硬地上，抓着马嚼子就往外拉。可是马越使劲，就陷得越深，泥水很快没过了腹部，前腿陷得更深，烂泥几乎埋住了脖颈。吉林谢累出了一身汗，自己一个人怎么也拉不出马来。无计可施，只好跑到阿吾勒，从那里找来一些小伙子，借来工具，折腾了半天才把马弄出来。吉林谢谢过帮忙的人，把沾满泥巴的衣服换掉，牵着马往阿吾勒走。这时才想到：本来那聪明的姑娘已经给我讲清了这条路的坎坷，可是我没把人家的话放到心上，只顾找一条近路，结果遭了这么大的罪，差点儿连马也赔到里头。像这样会说话的姑娘真少有，我应该到她家看望一下。

原来，吉林谢到阿吾勒找人帮忙时，碰到了姑娘们返回阿吾勒。刚才指路的姑娘看到吉林谢的狼狈相，望着他直摇头。吉林谢虽然臊得脸通红，可是出于礼貌，还是讪讪地同她打了招呼，顺口问了一下姑娘的家是哪一个。姑娘微微一笑，说了一句："插了四十支长矛的就是我的家。"说罢，赶忙追在其他姑娘后面跑去了。吉林谢回味了这些经过，对这姑娘的诙谐和机敏很感兴趣，决心拜望一下她的父母，了解一下这位姑娘。

吉林谢从阿吾勒这头找到那头，从外围找到里圈，全看遍了，怎么也找不到门前或四周插有四十支长矛或篱笆的房子。他自己找不到，又不好意思向别人打听一个陌生姑娘的住处，只好站定一处反复咀嚼姑娘的话。过了一会儿，他想："姑娘的话寓意深刻呢。可能她的家是个破得不像样的毡房吧？

对了，那就像很多矛戳过的一样，到处都是窟窿眼……”他猜破了姑娘的谜，很快就找到了这个阿吾勒里最破烂的一顶毡房。他在门口下了马，进屋一看，果然那个姑娘正坐在里面烧茶呢。

吉林谢看到这个穷人家的女儿那样善于言辞，深感她的聪明才智胜过自己——这样的姑娘不正是自己遍访而求之不得的心上人吗？于是，吉林谢恭恭敬敬地拜望了姑娘的父母，又拜托一位阿吾勒的老人，求他做媒，下聘娶了这位姑娘。后来，这个姑娘也成了跟吉林谢一样为穷人排忧解难的人。吉林谢的名字也越传越远了。

苏力　唐素吾尔讲述　瓦衣达阿加尔汗搜集

胡思曼·喀斯木　陈毓贵翻译

阿卡西别特[①]

一天，吉林谢和几个伙伴围坐在一棵大树下闲聊乘凉。可汗的小儿子一看吉林谢也坐在那里，就想借人多，好好奚落吉林谢一番。于是，他大摇大摆地来到树前，说：“吉林谢，几天不见你又变了，你看你多像这棵老朽树呀，身躯干瘪，外表焦黑，没一点儿生气了。”

“哎，傻小子。”吉林谢和颜悦色地说，“你可不能拿这些树做比喻呀，要知道这些树是专供可汗做阿卡西别特用的。你看，”吉林谢指着几个露出地面的树墩子说，“那棵你祖爷用了，那棵你爷用了，这棵是特意留给你用的。”

“那我父亲用哪棵呢？”

“你父亲上次来，他嫌这棵树太湿，怕挨冻，他要找个热一点儿的地方去。”

“那什么地方热，我也去。”

---

① 阿卡西别特：一种圈在坟墓四周、防止牲畜践踏的木栅栏。

“火狱里不就很热吗?!”

活着进天堂

一天，可汗又和往常一样，在吉林谢面前口若悬河地炫耀起自己的宫殿来：“吉林谢，听人说天堂里的宫殿和我的宫殿一样富丽堂皇、雄伟壮观。你看，我在这住久了，一旦到天堂里去也不会感到陌生呀。”

“汗王陛下，人们都想到天堂去，那天堂究竟有多大，能容纳那么多的人吗?”吉林谢问道。

“哎，像我们这样的人胡大早有安排，留着好地方呢。”

“陛下，要是比你大的可汗先去占了，你又到什么地方去呢?”

“这倒是个问题。”

“依鄙人之见，你还是早点儿去为好，免得将来争争吵吵的。”

“怎么个早去法呢?”

“你七天七夜不吃饭，不就能早去了吗?”

“胡扯，七天不吃饭不就饿死了?”

“那你还想活着进天堂吗?”

可汗无言对答，只好悄悄地溜走了。

往　下　长

一天，矮墩墩的可汗腆着肚子去找吉林谢，说：“吉林谢，人从娘肚里生出来后都是往上长的。你看我那小儿子今年才十二岁，长的竟比我高半个头，而我怎么老往下长呢?”

“陛下，因为你吃的苛捐杂税太多了，所以你的肚子总是鼓鼓囊囊的，老拽着你往下长哩。”

“那么请你想个办法，别再让我往下长好吗?”

“陛下，请你不必为此发愁，这对你来说正是一件好事!”

“这话怎讲?”

“陛下，越往下长，不就离坟墓越近了嘛!”

以上三则马雄富翻译

艾德干的故事

（哈萨克族）

艾德干是一位劳动者型机智人物，出自艺术虚构。其故事幽默风趣，流传于新疆哈萨克族聚居区。

黄肤人的创作

艾德干是个黄皮肤的人，由于他机智聪敏，常常为人解忧，人们都尊称他黄大叔。叫得久了，许多人只知黄大叔，连他的名字也不知道了。

有一天，他有事到那衣曼部落去了。那里好多人对他是只闻其名，却没有见过面。有个年轻气盛、一向自负的叫“比”的人慕名拜望他时，见他正眯着眼侧身躺着歇息呢，便在毡房门口端详了一会儿，不以为然地说：“呃，我们听到黄大叔的大名，以为定是个身材高大、泰然自若的轩昂人物，不料却是个蜡黄干瘦、蓝眼睛，像个伊斯开克[1]，又像个普斯派克[2]的矮小人物。真是百闻不如一见。”

骑了一天马，已经困倦的艾德干本来双目微合，正在养神，听到这些话

---

① 伊斯开克：拔胡子的专用镊子。早期没有剃刀时，哈萨克男子用这种小镊子来修饰胡须。

② 普斯派克：把发酵的牛奶、马奶捣稀的长柄工具，顶端是正六面体，四面均有方孔。

就抬起头来道："小伙子，你说得对！黄皮肤、蓝眼睛乃人中俊杰，聚集了天地的精华，犹如鸟中大鹏。有了伊斯开克，你的嘴边才能干净，像个实实在在的穆斯林的样子；有了普斯派克，马奶子才有味道，你才能享口福。你用意褒贬我，却说了这么多赞赏我的话，我真的多谢你了。好了，你还想再美言几句吗?"

本来想说些讽刺话嘲笑艾德干的比，结果适得其反，再也找不出要说的话，只好默不作声，悻悻地退了出去。

游手好闲的小伙子

艾德干所在的部落有个小伙子，由于父亲死得早，母亲十分溺爱，惯得他特别任性，为所欲为，长到二十岁出头，却还没有参加过劳动。他成天骑马游逛，不务正业，稍不遂心，就打架骂人。最后，把他父亲遗下的牲畜财产几乎折腾光了，他母亲拿他一点儿办法也没有。部落里有名望、有面子的人，有的骂过他，有的劝过他，但他全当耳旁风，依然不理家务，吃喝玩乐。他母亲万般无奈，只好恳求艾德干帮忙。

一天，小伙子又和别人吵了架，气汹汹地打着马从艾德干住的阿吾勒附近经过。猛然间他见到艾德干提了一木桶水正朝他走来，一只手还牵着一只绑着脖子的狗。这情景激起了好玩的小伙子的好奇心，不由得勒住马问道："嗨，你从家里提桶水到哪儿去？你还牵着狗干啥?"艾德干答道："我到湖边去给芦苇泼水。狗嘛？当然是看家放羊喽。"小伙子更奇怪了："长在湖水中的芦苇还用你泼水吗？狗绑上，又牵在你手里，还能看牲口吗?""湖中的芦苇长得不好，会引来大火焚烧；骑在马上的人不走正道，会招得牧犬撕咬。泼水救火犹如人们良言规劝，绑狗护人莫如骑者自走正道。小伙子，你看这样做可有必要?"

游手好闲的小伙子听了艾德干这一席话，宛如服了一剂清凉药，发热的头脑立即冷静下来。他愣在那里，越回味越觉有理，不由得跳下马来，向艾德干道谢。艾德干又开导了他几句，他才骑上马慢慢回去。

从此，这个小伙子走上了有礼貌、爱劳动的正道，再不让他母亲操心了。

奎里买司汗[①]

远离阿尔根部落的地方有个奎里买司汗，这个人从来不笑，整天愁眉苦脸，长得蜡黄干瘦。艾德干听到这个消息感到莫名其妙：“这个人身为汗王有权有势、万事如意，为什么不笑呢?”他决定弄出个究竟，就特地骑马启程了。

艾德干跋山涉水走了好久，有一天碰到这位汗王无精打采地在大臣们的陪伴下游山玩水，便急忙下马问候。汗见艾德干风尘仆仆，就问道：“你远道而来，要到哪儿去?”艾德干答道：“人的一生总会有哭有笑，这是正常现象。我听说世上有个从来不笑的汗，我就在找这个人呢。”那人一听，就说：“哦，你为此而来吗？好了，你要找的奎里买司汗远在天边，近在眼前。请随我回宫叙谈吧。”艾德干便说：“既然陛下就是奎里买司汗，我的事在这里可以搞清，不去贵宫打扰也行了。我找您主要是想知道您为什么不笑？为什么如此消瘦?”“你找我就为这事吗？唉，那么我就告诉你吧。”汗说道，“牧草越茂盛，牛羊越肥壮；丧事办得多，毛拉心欢畅；心若无烦愁，喝水也发胖。我是管理民众的汗王，而我的黎民百姓都是傻瓜蛋：我说的他们不听，我教的他们不做，我带他们干的好事他们不跟着干，最后还埋怨我，责备我。我处在这种情况下，烦恼和忧愁不断，我哪里会笑？我的身体怎么会强壮呢?”说完，无可奈何地摇了摇头。

艾德干听完奎里买司汗的话，看了看跟在汗王身后诚惶诚恐的大臣们，说道：“汗王陛下，您允许的话，我进言两句。”汗说：“好，你说吧!”艾德干便说：“脾气暴躁的人，别人不敢亲近，倘能平易近人，人们则靠拢紧跟。遇事就爱发火，谁愿出力相助？心平气和得助，事无难易之分。陛下啊！敬

① 奎里买司汗：“奎里买司”，哈萨克语“不笑”的意思。汗，是大部落的首领，相当于古代汗国的国王。

人者人敬之。您怜惜手下人，爱护臣民百姓，民众就会敬奉您。那样，做事岂有不成之理？还望您登高远眺，从长计议。我要说的就这些，希您三思。话中如有唐突，请恕我直言之罪。”

巴　塔[①]

艾德干所在的阿尔根部落有个出名的吝啬巴依，来了客人从来不杀羊，总是把自己吃剩的肉拿出来招待[②]客人。很多人为这个巴依做过事、干过活儿后，都被用剩肉“款待”过。于是他们纷纷向艾德干诉说委屈。

艾德干半信半疑，一天干完活儿，便同几个人一起到吝啬巴依家吃饭。巴依家端出来的果然是不见羊头的剩肉[③]。艾德干一声不响地带头把双手举到面前做起巴塔来：“阿门，没有鞍沿的马鞍从来不能骑，没见羊头的死肉从来不能吃。安拉乎，艾克拜尔。”吝啬巴依一听艾德干的祷词，急忙解释：“我的羊都上了后山，这里没有啦!”艾德干不动声色地又补了两句：“把有说成没有是卡甫尔[④]，没有让拿出来也是卡甫尔。”

巴依听到艾德干的祷词，受不住了，心想：“他们一定已经看到我准备自家人吃的几只羊了。”于是把端上来的肉食又端下去，抓了一只瘦小的羊羔给客人看[⑤]。艾德干一见是只羊羔，于是重又带头做巴塔：“阿门，你抓来的羊够一岁了吧？你大概没有大羊了吧？客人有六个，你家七八个，反正你让我们吃饱最要紧。安拉乎，艾克拜尔。”

吝啬巴依唯恐艾德干借做巴塔再揭短，心疼也罢，煮熟的羊肉没敢再克扣，尽数让客人们吃了。

以上四则胡斯曼·喀斯木搜集　陈毓贵翻译

---

① 巴塔：祝祷之意。按哈萨克人的习惯，客人见到主人准备杀掉用以待客的羊后，或吃过饭后均要做巴塔。

②③⑤ 哈萨克人的习惯。来客后，主人需把用来待客的羊出示给客人，待客人做过巴塔后再杀。肉煮熟后，需把熟羊头和一条羊后腿端到居首位的客人面前，待客人发落了羊头后主客才进食。倘客人未见活羊，端上来的肉食中不见羊头，一律视为剩肉、死肉，认为对客人不尊重。

④ 卡甫尔：穆斯林叛教徒之意，被视为不诚实、不虔敬、卑鄙无耻之人。

赛尔克巴依的故事

（哈萨克族）

赛尔克巴依是一个劳动者型机智人物，出自艺术虚构。其故事既有嘲弄剥削者的作品，又有劝人改过的作品，流传于新疆哈萨克族聚居区。

狗的父亲

一位巴依养了一只特别凶恶、爱撕咬马镫的狗。一天，赛尔克巴依因事来到那位巴依的门前，巴依的狗一下子扑上去咬个不停。而巴依却跷腿坐在门口，理也不理。赛尔克巴依见巴依如此无礼，非常生气，他举起马鞭就朝狗抽去，狗被打得夹着尾巴叫着，逃走了。巴依一看狗跑开了，望着赛尔克巴依，挖苦道：

“还是哥哥厉害，把弟弟给打跑了！”

“是啊！”赛尔克巴依盯着巴依说，“弟弟被打跑了，它父亲的心里一定很难受！”

巴依吃了亏，害臊地低下了头。

做　客

毕带着赛尔克巴依，两人来到一个富有的大巴依家。巴依对毕十分殷勤，吩咐老婆给毕铺开餐布，摆上黄澄澄的酥油和各种食物，端来浓酽的奶茶，并在茶碗里放了很多酥油。可是，大巴依对赛尔克巴依却异常冷淡，只让老婆倒来一碗白开水，搁在他面前。赛尔克巴依见此情景。当即作诗一首，高声吟道：

酥油呀，喷香的酥油，
你为什么这般无情？
你从来不离开富人，
却对穷人毫不亲近。
我时常把你访寻，
今天才找到了您。
这是安拉的赐予，
这是我的福音！

吟毕，赛尔克巴依将盘里的酥油全都吃光了。

麻烦你了

赛尔克巴依在林中伐木，中午休息的时候，有个爱占便宜的人悄悄溜进林中，想把几根伐好的木头偷着运走。那人刚钉好蚂蟥、绑好套绳要用马把木头拖走，赛尔克巴依慢悠悠地从林中走出来，打招呼道：

“哎呀，朋友，麻烦你了！我正犯愁如何把木头运回去哩！你真帮了我的大忙，已经给我把蚂蟥钉好了，把套绳也绑上了。这样，我下午运木头就方便多了。”

那人哑口无言，骑上马就溜走了。

改邪归正

有一个惯盗，偷去了赛尔克巴依的一头奶牛。赛尔克巴依心想：我如果这样无证据地去要，小偷肯定不会给我奶牛的。于是，他想了一个妙法。

一天夜里，赛尔克巴依躲在路边的墓地旁，等小偷经过这里。半夜，小偷果然骑着偷来的马经过墓地。赛尔克巴依一下子跳到马背上，劈头盖脸地将小偷痛打一顿。

这突如其来的袭击，使小偷万分惊恐。他回头一看，这人身着雪白的衾衣。他想，这准是亡魂显形了，吓得跳下马拔腿朝家跑去。于是赛尔克巴依将马送还给了主人。

那时，赛尔克巴依是这一带有名的医生。小偷吓得患了重病，让家人请赛尔克巴依去给他治病。赛尔克巴依一边给他号脉，一边说：

“你的心脏跳动得很厉害，好像你半夜出去干了什么见不得人的事，又像被谁吓坏了。你必须说明真情，我好对症下药。否则，你的性命难保！”

小偷为了活下去，只好把那夜偷马的经过原原本本地讲了一遍。赛尔克巴依听后，一本正经地说：

“哦，原来如此！那天夜里打你的定是勾命的天使。只有你把过去偷来的财物归还原主，并保证今后洗手不干，你的病才会好的呀！”

小偷听了，顿时吓得满脸冒出豆大的汗珠。当即老老实实从牛圈里牵出偷来的赛尔克巴依的奶牛，并向他赔礼道歉，保证改邪归正，再不行盗。

以上四则马雄富翻译

玉斯哈的故事

（东乡族）

玉斯哈，一作尤素哈，系东乡族劳动者型机智人物，在故事中常以帮工身份出现。他机灵诙谐，敢于同狠心盘剥、压榨穷人的各种吸血鬼作对，为贫苦百姓排忧解难，颇受人们喜爱。其故事不但在甘肃省东乡族自治县一带流布，而且还在西北某些地区的回族群众中流布。

打“饿虫”

老辈人传说，东乡族有一个叫玉斯哈的穷雇工，机智聪明，常把那些狡诈凶狠的有钱人治得哭笑不得，庄子上的穷苦人都叫他玉斯哈哥。

一天，瘸财主叫玉斯哈去看护庄稼，并吩咐道：“如果有哪个穷鬼敢动我一根麦草，你就把他抓来，我一定要活剥他的皮!”

玉斯哈来到麦地，忽然看见有头毛驴把一大方麦子糟蹋坏了，连忙跑过去把毛驴牵到路边上。这时，他才发现老榆树下睡着一个人，身旁的毛线口袋装满了圆鼓鼓的大西瓜。

玉斯哈看那人是个赶集卖瓜的脚户哥，便把他喊醒，告诉他毛驴闯下了大祸。那人揉揉眼，打着哈欠一看，马上吓呆了。玉斯哈看那脚户哥惊慌失措的样子实在可怜，就安慰他说：“这样吧！你留下一个西瓜，放在被毛驴吃掉的麦地里，就赶你的路去，剩下的事有我哩！”脚户哥千恩万谢地走了。

玉斯哈假装惊慌地跑回去向瘸财主报信，说：“不好了！不好了！在老爷的麦地里，发现一个可怕的大‘饿虫’，可厉害啦！一会儿就吃光了一片麦子。若不尽快拾掇掉，老爷的麦子就被它吞光了。”瘸财主命令一帮家丁，快随玉斯哈去打“饿虫”。

来到麦地边，玉斯哈故意装出瑟瑟发抖、不敢向前的样子。在东乡族地区很少见到西瓜，那帮蠢家伙远远望见麦地里趴着一个黑黢黢、圆碌碌的“饿虫”，在它附近的地方连麦草都不见了，吓得更是连连后退。看到这帮家伙的可笑样子，玉斯哈可乐了。他拍了拍胸膛说：“好，你们都是有妻子儿女的人，舍不得命；我玉斯哈光棍一条，无啥牵挂。你们都靠后站着，我去打‘饿虫’!”

说完，玉斯哈提着锄头，用力向“饿虫”砸去。只听得“嘭”的一声，红红的瓜瓤四处飞溅，老远望去，真像血肉横飞、血浆飞溅。玉斯哈又顺势一脚将瓜皮踢进大土坑里，那帮家伙才一拥而上。这时，瓜瓤、瓜汁、麦粒和着泥，湿漉漉中透出一丝红意，看上去好像殷红的鲜血渗入土里，凝结成血块。一个呆头呆脑的家丁，看见几粒沾满泥土的黑瓜子，当成“饿虫”肚子里的“籽虫”，战战兢兢地说：“幸亏把‘饿虫’早打死了，要不它的娃子一生出来，那可要遭大殃呢!”

怜　悯

那拉乌掌柜的奶奶[①]是个蜜罐嘴儿假心肠的人，别人生病她呻吟，时常当着家人的面，叹一声、唉一声地哼哼个不停，怜悯着常常生病的小伙计：

“哎哟，我这小伙计的病几时能好呀，把我的心都疼烂了。”

“哎哟，胡大呀，与其叫我的小伙计生病，不如叫我生病，让我的小伙

① 奶奶：指老婆。

计欢欢乐乐地活几年多好哩。”

不知底细的人，都以为东家奶奶的心肠好得很，对小伙计心疼得要命哩。

一天，天傍黑了，东家奶奶又睡在自己的热炕上，长吁短叹的，怜悯着多病的小伙计，那呻吟的声音，满院子都能听得见。在掌柜家里打短工的玉斯哈，听着实在是烦透了。哎呀，这东家奶奶嘴唇上抹蜜，舌头上沾的尽是甜的。好吧，把她的好心肠让大家见识见识。于是，玉斯哈把一头大山羊牵出圈，顺手把一只空栲栳倒扣在羊头上，一把搡到东家奶奶的住房门口。这只山羊猛然间头上戴了个柳梢编的栲栳，两眼一抹黑，就受了惊，一头窜进东家奶奶的上房里。空栲栳在羊头上叮当乱响，山羊急得咩咩直叫，东家奶奶黑夜里猛一见这个怪物闯进屋里，吓得直哆嗦。她想，经典上说，人病得快断气的时候，阿兹拉尔利天仙就要勾魂来哩，莫非这是阿兹拉尔利要命来了？东家奶奶怕阿兹拉尔利把她当成病人把魂勾去，急忙跪在炕上，手指着小伙计住的屋子，扯起尖嗓门儿喊了起来：“我的小伙计是病人呀，我不是病人呀！病人在那边屋睡着哩呀，病人在那边屋睡着哩呀！”

东家奶奶正吓得晕头转向、哇哇乱喊的时候，玉斯哈手里拿着鞭子，走进了上房。他一边朝山羊身上抽着鞭子，一边说：“你这个骚山羊，倒会装蒜，头戴了只栲栳，就成了阿兹拉尔利了，把东家奶奶怜悯尕伙计的好心肠都给吓跑了。”

从那次以后，东家奶奶的甜嘴巴再也甜不起来了。

撒　谎

有些吃过玉斯哈亏的财东们，心里对他恨透了，到处散播他的一些坏话，说玉斯哈是个专会卖嘴撒谎的“古当池[1]”。

---

① 古当池：东乡语，专会撒谎的人。

有一天，有个巴彦空[①]吃罢早饭没事干，正背着大手在门前的巷道里闲溜达，老远见玉斯哈走过来了，一照面就不怀好意地说："古当池玉斯哈，你撒个谎让我听听，看能不能骗得过我。若是骗不了我，你就别从我这巷道里走过去。"玉斯哈心想：这家伙仗着有钱有势，随便欺弄穷人。好吧，你叫我撒个谎，那我就给你撒一个吧。于是，他灵机一动，装出一副着急的样子，说："哎呀，你今天瞅的机会实在太不巧了，我今天有要紧事，没时间给你撒谎呀。"说完扭头就走。

"哎哎哎，你站住，你一个穷光蛋有什么要紧事情呀？"财主伸出双手，拦住玉斯哈，不让他走。

"哎呀，我咋不急！多都村乡爷的大奶奶今天早晨殁了，乡爷派我到大奶奶娘家送话去，要他们赶到撇升[②]时辰，前来参加葬礼。我已经赶了二十多里路了，还要赶十多里路，哪有时间跟你闲磨牙？"玉斯哈一说完，像脚上抹了油，飞跑而去，连头都没有回。

财主一听，可傻了眼了。多都乡爷的大奶奶正是他老婆的阿姨娜[③]。他平时有点儿怕老婆，就急三忙四，跑进家里，给老婆报讯去了。

财主和老婆急忙骑着骡子赶到多都村。刚到乡爷家的大门前，他老婆跳下骡子就号哭起来："哎哟，我亲亲的、心连肝花的阿姨娜呀，你咋抛下我们先走了哇。"她鼻涕一把泪一把，哭得好不伤心。乡爷和他的大奶奶听见哭声，以为出了啥事，慌慌张张跑出来，一看是内侄女、侄女婿两个，十分惊诧，忙问："你们两个转亲戚来了，怎么哭天喊地的？这是在干什么呀？"

财主两口抬头一看，阿姨娜活得好好的，便发起愣来，像一截木头桩桩栽在门道里。过了一会儿，才清醒过来。这时巴彦空的老婆气不由一处来，立即瞪起眼睛，朝发呆的丈夫泼起凶来："你这个'眼见鬼'，今天碰上伊比力斯[④]了吗？你好端端地骗人说阿姨娜无常了。你存的什么心呀？"这会儿她

---

① 巴彦空：东乡语，财主，有钱的人。

② 撇升：穆斯林午拜时间，约莫下午两点。

③ 阿姨娜：对母亲姐妹的称谓。

④ 伊比力斯：死神。

连羞带怒，真的哭开了。财主知道上了玉斯哈的当，心里恨得直烧火，结结巴巴半天说不出一句话来。

“这个女婿娃，胡子巴茬的，年纪也不小了，咋这么缺德，好端端地诅咒我死?”乡爷的大奶奶见状，也动起肝火来，在一旁厉声责问。

“我，我这这这——是听玉斯哈说的……”巴彦空的脸憋得像公鸡的红冠子，啃啃巴巴地说出惹逗玉斯哈的情由。不料乡爷也动了气，骂得更凶了。

“你是个吃屎的憨娃娃吗，玉斯哈是个‘古当池’，他的话你就当真了?”

打骡子

从前，山民百姓除向官府上交各种数不清的苛捐杂税以外，还得给交“官草”。仅就交纳“官草”一项，官府的盘剥就重得出奇。他们往往把上百斤草算成几十斤，明码压秤，老百姓都敢怒不敢言。

有一次，玉斯哈要到官府上交“官草”，他唯恐官府说交得不够，就借了一匹骡子，尽量驮了两大捆，翻山越岭，走了七八十里地，到了河州[1]城的牧草场。

不料，一个塌鼻子收草官，眯起眼睛，把他瞅了一会儿，“嘿嘿”干笑了一声，把两大捆草一过秤，从塌鼻子下的歪嘴里迸出一声：“三斤。”

两大捆草怎么才三斤?这是杆什么秤?玉斯哈气不打一处来，就拾起一根棍子使劲地打起骡子来。塌鼻收草官问他：“你为啥无缘无故打骡子?”玉斯哈高声粗气地说：“这头骡子一天要吃一升料和一捆铡碎的草，今天才驮了三斤重，吃一斗驮三斤，这出鼻骡子的心就叫狗吃了，你说气人不气人。”

“出鼻”就指的塌鼻，塌鼻子收草官不是白痴，哪能听不出这指桑骂槐的话，正想发作，不料玉斯哈的打骂声越来越凶、越来越高，骡子被打得四蹄乱窜，招引得许多好奇寻趣的人们，一群群围过来看热闹。

---

① 河州：今甘肃省临夏县。

“这出鼻骡子吃一斗驮三斤，阳间世上有没有管这号畜生的官官儿，我要打官司。”玉斯哈喊着，高一下低一下地挥舞着棍子。看热闹的人越聚越多，人们时而哄堂大笑，时而严词激问：“我们就不信，这么大骡子，三斤草怎么个驮法？过过秤，叫大家看看。”塌鼻收草官更是心惊肉跳，狼狈不堪，他怕引起群愤，不好收摊子，便硬着头皮说是自己人老眼花，没有看准秤星，不是三斤，是一百三十斤。

自那以后，塌鼻收草官算是收敛了些，再不敢胡作非为了。

进 面 馆

有一天，王斯哈赶着一头骡子，给一个商贩当脚户，来到了繁华的果朱巴咋[①]。卸完了货以后，他觉得肚子饿了。摸摸褡裢袋，干粮早就吃完了。于是摸出十枚铜钱，来到一家叫蝴蝶楼的肉面馆，想吃一碗肉炒面。可巧，这家炒面馆的掌柜为人趋炎附势，刻薄成性。见了阔佬财东进馆子来，他便亲自迎上前去，极力阿谀奉承，伺候得十分周到；而衣衫褴褛的乡下人进了他的馆子，他就让跑堂的伙计高声吆喝：“乡里的阿爸来了，前槽（前锅）里的拉到后槽（后锅）里，后槽里的拉到前槽里。”这么一喊，厨师就明白了，便把隔日的剩饭残羹倒在前锅里一煎，胡乱凑合着端给乡下人。

玉斯哈还没进馆子，老远就听见堂馆那种尖声怪调的吆喝：“乡里的阿爸来了，前槽里的拉到后槽里，后槽里的拉到前槽里。”玉斯哈猜不透这叫的是啥名堂，就把骡子牵进馆子后院的马槽上，拴住了。然后径直上了楼，找了个座位，问了饭价，从身上掏出十个铜钱，放到桌子上，等着吃肉炒面。好半天，肉炒面才端上来。玉斯哈狼吞虎咽地吃起来，眼角却扫见旁边桌上一个穿着绸衫子也在吃肉炒面的富汉。只见富汉那盘肉炒面好不丰盛，既新鲜又喷喷香，掌柜还站在旁边，盐咸醋酸地奉承。再看看自己的这碗肉炒面尽是些糊糊面、汤汤菜，连肉渣渣也不见几粒。玉斯哈心想：同样是十

---

① 果朱巴咋：即河州。

个铜钱，为啥我碗里的肉炒面同那个有钱人的不一样？正在这时，又有一个乡下人进馆子来了，堂倌照样“前槽后槽”地喊起来。玉斯哈仔细窥看了掌勺厨师的动作，才明白过来了。哦，哦！原来这帮势利鬼，在欺负乡下人哩。玉斯哈很觉不平，想着想着计上心来。他放下筷子，装着解手的样儿出去了一会儿，又进来坐下，不露声色地吃完了他的肉炒面。付了钱以后，又讨了一杯盖碗茶，便问掌柜的：“大掌柜，我的骡子拴在你家后院的马槽里，我在这里喝茶吃饭，骡子不会丢吧？”掌柜的本来就讨厌穷汉，现在又听玉斯哈这么一问，有点儿来火了，说：“真是襟长缠脚，嘴长绕颈，我的后槽里大官家的玉麒麟也拴过几百几十哩，你那一匹臭骡子算个啥，一根毛也丢不了。”玉斯哈说：“听掌柜的这么一说，我可就放心了。”说完，就等堂倌来沏茶。可那堂倌的心目中好像没有玉斯哈，他提着水壶进进出出，老给有钱汉沏茶添水，却不给玉斯哈沏茶。大半天才沏了茶，又老不添水，掌柜的还西北风刮荆棘，连讽带刺：“今天馆子里来了一头水牛，灌不足呀！”玉斯哈不加理会，喝了一阵子，付清了茶钱，便到后槽里牵骡子去了。一会儿他慌慌张张跑进来问掌柜的：“我的骡子咋不见啦？你把它藏到哪儿去啦？”掌柜的听了莫名其妙，发火了，说玉斯哈简直是胡闹，这事与他不相干。

“咋没相干？刚才你还说，一根毫毛也丢不了，刚过一会儿骡子就不见了，准是你藏到哪个槽里了！”

掌柜的说：“你个土包子，凭啥说我藏了你的骡子？”

玉斯哈说：“我一进馆子，你们就喊叫‘前槽的拉到后槽里’。你究竟把它藏在哪儿啦？”

掌柜的哪里会承认，两人你撕我扯，一直闹到县衙门，看热闹的人也围来了不少。县太爷开堂审问，玉斯哈就将进馆子、丢骡子的事述说一遍。县太爷正想在众人面前显露一下他的廉明公正，问掌柜的喊“前槽后槽”是怎么回事。掌柜的不好明说，支支吾吾：“这个……这……是这么回事……”结结巴巴讲不出个所以然来。县太爷见状，以为掌柜的是做贼心虚，便抖起威风，叫衙役打了掌柜的三十大板。掌柜的只好招认说，“前槽后槽”指的是前锅后锅，是他开馆子的一句黑话，专为的给乡下人推销剩饭剩菜，实实没偷人家的牲口。县太爷哪里肯信，又要动刑。真是“黄泥巴抹裤裆，不是屎也成了屎了”。掌柜的害怕再挨打，只好招认骡子是他给藏起来了。县官问藏到哪儿了？掌柜的胡编说：“藏在后院里了。”县官差人去寻，骡子果然在后院里的磨坊里拴着（其实是玉斯哈乘着出去解手的机会把骡子牵到那儿的）。县官见案子判明，罚了掌柜的二百两元宝入官（实际是入了自己的腰包）。玉斯哈巧妙机智地把这个趋炎附势、利欲熏心的掌柜的治了一顿。从此，这家炒肉面馆里再也听不到“前槽后槽”的吆喝声了。

揩　油

有个叫苏里麻的卖油郎，好占别人的小便宜，自以为很聪明。

有一次，卖油郎和玉斯哈搭伴，到城里去卖油。两个人各担着两桶油，行了一天的路，傍晚，找了一家小客店歇脚。劳累了一天的玉斯哈躺在热炕上很快就睡着了，可卖油郎一直睡不着，脑子里尽想些如何做买卖、发大财的事。他听见玉斯哈闷雷一样的鼾声，就起了占小便宜的念头。心想着玉斯哈这个人憨厚，我何不乘这个机会，把他桶里的油，往自己油桶里倒上一点儿呢。

于是苏里麻就蹑手蹑脚地下了炕，把玉斯哈桶里的油往自己的桶里倒了一点儿。而后，又悄悄地上了炕。玉斯哈打呼噜的声音比原先更响了。苏里麻躺了一会儿，又想着，刚才心太轻了，只偷了一点点儿，为啥不再多偷一点儿呢。苏里麻又下了炕，又提起玉斯哈的油桶往自己桶里倒油。正在这时候，玉斯哈醒来了，他猛地揭开被窝，坐了起来，眼睛直瞪瞪地看着苏里麻，弄得苏里麻灌也不是，不灌也不是，木愣愣地提着油桶在那里发呆。

“我的伙计，乘人睡熟的时候，想占人家的便宜，干得可真好哇！”玉斯哈说着，就下了炕。他拿起苏里麻的油桶“咕嘟”“咕嘟”直往自己油桶里灌，一灌就是半桶。这下苏里麻急了：“唉唉，我只偷了你一点点儿油，你怎么一灌就是大半桶？”玉斯哈一面灌油，一面说：“你当我不知道？你骗鬼去吧！你已偷了我两次油，我只灌了你一次，这么着，你还多占我一次的便宜哩。”直说得苏里麻面红耳赤，暗暗咒骂自己糊涂，本来想揩人家的油，反过来倒让别人揩了自己的油。

愁　肠

在一个不大的小集镇上，有个专门制作杭其[1]的穷鞋匠。他整天给人做杭其、掇牛皮混日子，虽然穷得一文不名，人倒欢得很，常常哼哼哈哈地唱个野曲子、乡调调，日子过得挺快活。

有一天，鞋匠见了玉斯哈，两人就在摊上东一句、西一句地扯起闲话来。鞋匠问玉斯哈：“咦，玉斯哈哥，我真不明白，你看看，那些地主老财手里有钱，不愁吃、不愁穿的，为啥脸上阴沉沉，两道眉毛拧成个纂纂子?”玉斯哈挤挤眼睛，笑着说：“那是因为有钱。你没听说，‘钱财是愁肠的根苗’这么句话吗?越有钱的人心思越多，他恨不得让自己手里的钱财，也像女人一样生儿育女，越聚越多。他白天黑夜盘算着，越盘算心越狠；心越狠，脸就拉得越长。那有钱人，哪像我们这些穷光棍一样，无牵无挂，吃一顿乐一顿，快快活活地过日子呢?”

鞋匠听了玉斯哈的话，头摇得像拨浪鼓，很不相信地说：“咳咳，手里有钱就高兴，如若是我，突然发一笔横财，保准高兴得整天哈哈大笑。”

“不不不，如果你真的有了一笔横财，别说哈哈大笑，就连平时的那些乡调野曲也愁得没心思哼哼哩。”

鞋匠还是不相信。玉斯哈就说：“那咱们走着瞧吧，说不定有那么几天愁肠的日子哩。”说完就告别了。

过了一晌，玉斯哈腋下夹着半张叠成块的牛皮，来到鞋匠跟前：“喂，老伙计，给我缝一双杭其吧，瞧瞧，我的脚趾头都露在外面晒着日头了。”

鞋匠满口应承。送走玉斯哈以后，嘴里仍然哼哼哈哈地唱个没完。他把牛皮掇展开来，呀，呛啷一声，从牛皮里掉下一对金镯子落在地上。鞋匠的

① 杭其：东乡语，用牛皮缝制的鞋子，是东乡族古老的民族服饰之一。

双眼瞪得环子大，急忙拾起来，捧在手上，细细地看着。鞋匠有生以来，还没有看过这么大的金首饰哩。他左看右看，看个不罢。再也听不见他嘴里哼曲子了，心里也像沟水里的立轮磨，转开了：哎米业占[①]！想不到我这穷鞋匠也有发横财的时候。这金镯子能卖好多银钱，把它卖了以后，我就可以下本钱做买卖，赚大钱了，再不当这个倒霉的鞋匠了。等我挣了钱，先娶个美丽的婆娘，再盖一院漂亮的房子，再置些田产放放租子……鞋匠越想越美气，脑子里晕晕乎乎地飘了起来。突然，他眼珠一转，记起了一件事："哎呀，不好，得先把金镯子藏起来，这是玉斯哈缝杭其的那块牛皮里包来的，他知道了，定会上我这儿要的。"于是，他把金镯子藏到墙缝子里。待了一阵儿，又觉得不放心，把它取出来，藏到炕洞里。又过了一会儿，他又从炕洞里拿出来，到地窖里埋了起来。这一天一夜，鞋匠饭也吃不下，觉也睡不着，心里尽想的是金镯子、银钱，银钱、金镯子，脑子涨乎乎的，眼睛也熬红了，平时那快乐的样儿早已飞得无影无踪了。

第二天一大早，玉斯哈急匆匆地来到鞋匠的家里，样子慌里慌张的。鞋匠见了，心惊肉跳，怕他提金镯子的事。唉，麻纸儿哪儿薄就往哪儿捅窟窿，玉斯哈一张口，说的正是金镯子的事："哎呀呀，兄弟，这可叫我怎么办哩，昨天东家的少奶奶给了几锭大元宝，叫我到巴扎买了一对金镯子。回来的时候，我把金镯子包在那张牛皮里，拿到你这儿来，是不是丢在你这儿了？咱们都是穷哥儿们，天良要紧，弄丢了人家的金镯子，我可拿啥赔呀？"

一席话说得鞋匠脸上红一阵儿，白一阵儿，白一阵儿，又红一阵儿的。闷了半天，才吞吞吐吐地开口了："唉唉，叫我空高兴了一阵儿。金镯子是丢在我这儿了，我把它好好地埋在地窖里藏起来，你等着，我给你拿去。"说完，鞋匠立时下地窖拿出金镯子交给了玉斯哈。"我的兄弟，你真救了我的大难呀。其实，我早就给你说过，钱财这东西，就是愁肠的根苗，还是没有的好。现在你把金镯子还给我了，你还能唱你心爱的小曲子，是吧？"

---

① 哎米业占：东乡语，惊叹词。

玉斯哈走了以后，过了大半天，鞋匠好像也已经忘记了有这么一回事了，他又哼哼哈哈唱起了那些小曲儿，缝制着他的杭其。鞋匠又恢复了他原先那副乐天乐地的样儿。

以上七则马自祥搜集整理

玛纳坎的故事

（柯尔克孜族）

玛纳坎是一位劳动者型机智人物，出自艺术虚构。其故事有较为鲜明的社会倾向性，展现出主人公的正义感和诙谐风趣的性格，流传于新疆柯尔克孜族聚居区。

斗　智

玛纳坎有要事要办，急急忙忙在赶路，半路碰上了一个巴依。巴依一把揪住玛纳坎的衣襟，将他拉到自己家里，对他说：

“人们都说你机智聪明，智慧过人，今天咱俩斗斗智吧。假如你能骗了我，就把骗到手的东西全归你。”

玛纳坎一本正经地回答说：

“巴依老爷，您说哪儿的话哩！我要是骗了您，真主能宽恕我吗！您听我说，今天我确确实实有要紧事。我的一个亲戚得了急症，眼看性命难保，需要请个阿訇念念经。请您不要见外，让我把您的坐骑用一用，等我把阿訇请来后，再上您这儿来，咱俩斗智，您说行吗？”

巴依听了说：“也好，你就骑我的马去吧。快去快来！”

玛纳坎骑在巴依的马上，并没有去请什么阿訇，而是扬鞭打马，去办自个儿的事。巴依等到天黑还不见玛纳坎回来，才知道被他骗了。

你去问问狗吧

一天，玛纳坎刚从王宫里走出来，路上碰见一个擅长钻营拍马的人。他见了玛纳坎，神情诡秘地问道：

“喂，玛纳坎！您从王宫里出来，请问王宫里的狗咬人不咬人呀？”

玛纳坎一想，说狗咬人嘛，不知他说什么；说不咬人嘛，不知他又说什么。于是，玛纳坎灵机一动，回答说：

“你去问问王宫里的狗吧！”

我愿选学“休息”课

玛纳坎小的时候，在一家经文私塾上学。由于从早到晚不停地背诵经文，每天都折腾得他无精打采，头昏脑涨。一天，傍晚放学回家时，邻居问他：

“玛纳坎，你在经文私塾念了几年了？”

“我已经念了十年了。”玛纳坎回答说。

“十年寒窗，学识水平一定很高了吧！”邻居说。

“哪里，哪里！我还是停留在刚入学那年的水平上。”玛纳坎摆摆手说。

邻居感到很吃惊，又问道：“为什么？”

玛纳坎解释说：“经文老师特别喜欢我，今天教我念这本经文，明天教我念那本经文，每天都叫我从头念。我摇头晃脑地念啊念啊，念来念去连一句也没有记住。”

“怪不得你没有长进。”邻居说，“如果让你自选一门功课，你想学什么呀？”

“我愿选学‘休息’课。”玛纳坎回答说。

请你再付五个铜币

有个贪得无厌的阿訇，常常借机勒索群众，玛纳坎想整治他一下。

一回，玛纳坎正在给别人理发，阿訇走过来问玛纳坎：“剃个光头要多少钱?”

“五个铜币。”玛纳坎回答说。

阿訇付了五个铜币，坐下来让玛纳坎给他剃头。刚刚剃了一半，玛纳坎就收起剃头刀，说：“好了!”

阿訇摸了摸头，发觉只剃了一半，就问玛纳坎：

“你是怎么搞的！为什么只剃一半?”

玛纳坎回答说：“您的头太大了，需要付十枚铜币的工费呀。您只给了我五枚，所以我只能给你剃半个头。”

阿訇没有办法，只好又付给玛纳坎五个铜币。剃完头，阿訇请玛纳坎把他的胡子好好修剪修剪。玛纳坎说了声“好!”，接着又问：

“阿訇，这边的胡子要不要?”

阿訇回答说：“要。”

玛纳坎唰唰两刀，就把半边胡子剃下来交给阿訇。阿訇生气地说：“你为什么把我的胡子剃了?”

玛纳坎说：“我问您时，您不是说‘要’吗!”

阿訇自知理亏，怨自己当初没说清楚，叹了口气，说：“好吧，把这边的也剃了吧。”

玛纳坎说：“要剃这半边胡子，还得付五个铜币。”

阿訇扭过脖颈瞪了玛纳坎一眼，但又无可奈何，只好又付了五枚铜币。

这次剃完头后，由于这个贪得无厌的阿訇没胡子了，怕人笑话他，很长日子都不敢从门里走出来。

以上四则杜绍元搜集翻译

霍托的故事

（锡伯族）

霍托是锡伯族的一位劳动者型机智人物。在锡伯语中，“霍托”是“秃子”的意思。有关这个人物的故事，流传于新疆、辽宁等地的锡伯族聚居区。

借　肉　吃

谁都知道巴彦老爷是牛录（村寨）里出名的吝啬鬼。每天给长工们喝的是清汤，自己和老婆却夜间偷偷煮肉吃。

几名长工受不了，就去问霍托如何出这口气。霍托眣眣眼，诡谲地一笑，说：“那就借巴彦家的肉，填填咱们干瘪的肚皮吧！”

“借肉吃？……”大伙儿愣住了。

“你们回去，今天夜里等着吃肉吧。”

众人不解地走了。

天刚刚交黑，巴彦家又煮了满满一锅肉。不一会儿，肉味飘入长工屋里。这时，霍托手提一个水桶，悄悄地溜进巴彦家厨房里，把锅里的肉都捞出来，放进了一条皮裤。

一会儿，巴彦老婆下了炕，问道：“老爷，捞出来吗？”

“捞出来吧。”

“哎呀！老爷您快来看，这肉上怎么尽是毛呀？”巴彦老婆突然在厨房里惊叫起来。

巴彦听见喊声，急急滚下炕，趿着鞋摸进厨房，捞出来切了一块一咬，又酸又臭，满嘴沾了毛。巴彦莫名其妙，骂道：“呸！这哪是肉，是长工们穿的皮裤！……”

霍托和长工们，美美地吃了一顿又嫩又香的羊肉，心里可高兴啦。

朱 元 布[①]

有一个外乡人，骑驴出门探亲。不料半路上遇上一伙强盗，全身被搜光，驴还被打断了一条腿。外乡人牵着跛腿驴刚进牛录就碰见了霍托。

“您这位大哥，遇到什么不顺心的事了吗？”霍托问。

“霍托兄弟，我真倒霉呀。半路上东西被劫，不知道如何才是好！”

“大哥，您别急，咱们会有办法的。”

说着，霍托领着外乡人来到巴彦家。巴彦正坐在门前大树下乘凉。霍托向前施礼，向巴彦请安：“巴彦老爷，您好吗？”

“秃子，你来干什么？”

“我们是从老爷门前走过，见老爷坐在这里，特意请安的呀！”

“你后面跟着的是谁吔？”

“他呀？”霍托瞟了外乡人一眼，“他是过路的外乡人。”

“嗯。”

“巴彦老爷，这外乡人赶路口渴，想讨一碗水喝，可以吗？”

“我家可不是茶馆哪，喝凉水嘛，进去喝完快走。”

“老爷，他喝完就走。”

霍托在外乡人耳边嘀咕几句后，外乡人就进门去了。刚进屋，霍托就放

① 朱元布：意为“给两个元宝”。

开了跛腿驴。跛腿驴难得一时的自由，刚松缰就一瘸一瘸地将脖子向巴彦院里的青草伸去。巴彦见跛腿驴吃自己的草，站起来骂道：“噆咿，秃子！你瞎了眼啦？快把驴子牵出去！”

“喔，老爷您不知道，这牲口只听主人使唤，别人近它不得。要是惹它，它又踢又咬，可捣蛋了！不信，您试试看。”

“那快叫它的主人来，快叫来！”

“老爷，外乡人脾气怪，我叫他，他不出来。还是您叫他，他准怕您。他叫朱元布。”

“朱元布！朱元布！快出来！”

外乡人拿了巴彦老婆给他的两个元宝，笑嘻嘻地走出来，牵着毛驴来到巴彦老爷面前深深鞠个躬，说道：“您真是菩萨心肠呀！”说着，和霍托离去了。巴彦正在心里纳闷，老婆突然闯出屋门，把柜子的钥匙甩过来，气汹汹地说：“噆咿，这家我不当了！给寺里的喇嘛布施，喇嘛还会给你念升天经；给一个穷鬼送两个元宝，你图他给你屙金银！……”

“噆呀，该死的秃子！”巴彦知道上当了，一下瘫倒在地。

心里有数

巴彦老爷斗不过霍托，无处泄气，就到牛录章京[①]跟前告了霍托一状，并给章京老爷送了一份厚礼。

第二天，霍托被传到章京公堂审问。

“秃子，你小小年纪，以邪欺善，知罪么？”章京气汹汹地问道。

“章京老爷，我不知罪，只知钱。”

“我今天叫你知知罪！”

“我知了罪，老爷您钱就多了。”

“啊！真是狂妄之徒。差役，将这个秃崽狠打二十七棒！”

差役立即把霍托按倒在地，棒打起来。

---

① 章京：官名。汉译“佐领”，统管一个牛录。

章京满以为霍托一会儿就求饶，可打了十几棒，不但不求饶，反而打他一棒就用手指在地上画一道。章京心里奇怪，问道："霍托，你在地上画什么?"

"回老爷，我在记棒数。"

"哼！记有什么用?"

"回老爷，轮到该打您的时候，我心里好有个数呀。不然打死老爷您，我可真有罪啦!"

章京害怕了，吩咐差役道："不打啦，快放他走吧!"

霍托站起来，大模大样地走出章京公堂。

坐 飞 车

每逢三九隆冬，巴彦就指派长工们到很远的河边去砍柴。老牛拉着破车，吱吱嘎嘎，长工们半夜空着肚子出去，吃尽了苦头，找霍托合计合计，想整巴彦一顿，出出气。

第二天，天刚摸黑长工们就赶回来，把牛车卸在牛录外，把牛都赶到大街等着。这时，霍托提着一桶水走进巴彦家，把水悄悄倒在巴彦家门口。不到一袋烟工夫，水就冻成溜光溜光的冰啦。

"捉贼呀！捉贼呀！贼伙把巴彦老爷家的牛偷走啦！……"长工们大喊起来，赶着牛群乱跑，闹得人声嘈杂，犬声四起。巴彦吓得爬起来，顾不得穿衣裳，裹着被子跑出屋。刚一出门，就滑倒在冰上，坐了个飞车——摔得鼻青脸肿，呻吟不止。巴彦的老婆和孩子们不知出了什么事，出来看时，跑去一个，滚倒一个。一家人躺在冰上，乱喊乱叫。

幸亏没落到我头上

霍托的一个朋友与章京女儿定了亲。正值金秋，准备办喜事娶过来时，不料朋友的头上突然长了满头的癞疮，又出血又流脓，害得早晚忧愁，担心章京的女儿知道了要退婚。眼看婚期临近，只好去求霍托解难。霍托听了哈哈一笑：“朋友，你放心办你的喜事好啦！我会帮助你的。”说完在朋友耳边嘀咕了几声，就走了。

过了不久，两家高高兴兴地办了喜事，新婚之夜，等客人们一个个告辞后，两个新人进了洞房。这时，突然在天窗口有个咋呼的声音响起来：

“你们夫妇听着：婚前你二人中的一个曾经讥笑过头上长秃疮的孩子，这是天意不允许的。今夜，我奉天帝之命来给你们将要出生的孩子落秃子，以示惩罚。”

章京女儿吓得紧闭双眼，浑身哆嗦，死死地搂住男人的脖子不放。

“大姐，你别怕！这是天意嘛，咱们求求巡夜神，千万别把秃子落在我们孩子头上，要落，就落给我们俩头上吧！”丈夫说。

“不，不！”

“那怎么办？就让落在我头上吧！”

“不，不！”

“那就落你头上，你即便是秃妇，我死也不离开你，可以吗？”

“不！就落在你头上，我一辈子也喜欢你。”

“真的，大姐？”

“嗯，真的！”

“好了，你真是我的好大姐。”丈夫说完后，爬起来向着天窗磕了个头，说道：

“慈悲的巡夜神，为了我们的孩子，为了我的妻子，我愿让秃子落在我头上。”

“日后不得反悔。”巡夜神说道。

“决不反悔！”夫妇俩同声起誓。

第二天天亮，章京女儿起来偷偷往丈夫头上一看，恶心得急忙捂住嘴。她长长地出了口气，心里庆幸道：“天呐，幸亏没落到我头上！”

丈夫在一旁打着呼噜睡得正香。

让马学章京

有一天早晨，牛录章京老爷正在用早餐，突然听见一阵阵马蹄声从门前跑来跑去，心里很不舒服，问道：

“嚯咿！谁在门前骑着马跑？”

“回老爷，是霍托。”一个差役出去看了看，慌忙进来回答说。

“霍托！哼，我教训教训他！”章京手握银鞭，走出大门。只见霍托骑着一匹公马跑过来。

“霍托，你知道这是谁家的门口？”章京问道。

“知道。我是在调教这牲口。”霍托急忙翻身下马，赔着笑脸说。

“你……你怎么敢到我们门前调教？”

“回章京老爷，公马的性子应该是凶暴的。我是想叫这牲口也学学您的厉害，所以特地来您家门口调教它！”

说完，霍托跨上马飞奔而去。

泼　油　汤

巴彦家的长工们顿顿喝稀汤，不到中午肚里就饿得咕咕叫。巴彦却天天站在门口，挺着圆肚，边催边骂：

“嚯咿！听见了没有？还躺着干什么？天天吃我的三顿饭，顿顿喝我的羊肉汤，你们觉得不亏吗？”

有一天，巴彦还没有说完，突然霍托跟一个长工打起来。

“秃子，住手！怎么回事，嗯？”巴彦瞪着两眼，一步一步地走过来。

“回老爷，他欺负人。”霍托松开手气呼呼地说。

“他怎么欺负你了，咹？说！”

“回老爷，他把一碗油汤泼了我一身。”

“你撒谎！你身上哪儿有一点儿油迹？”

"老爷您不信？您去朝锅里看好了，锅里给我们煮的羊肉，汤上面还漂着厚厚的一层油哪！"

巴彦无话可说，灰溜溜地钻进屋去。

熟 石 皮

巴彦为人尖刻，爱钱如命，牛录里的穷人谁也不愿到他家当长工。这一年，巴彦眼看着雪化柳绿，农活没人干，急得团团转。霍托听说后，想了想，就去找巴彦。

"巴彦老爷，您雇我吗？我什么都能干哪，吃得还少，干的活儿多。"霍托说。

"那好。"巴彦同意雇霍托给他当长工。

霍托在巴彦家干了一年，巴彦奸诈地笑着对霍托说：

"秃子，人都说你很聪明。有一件事，如果你能做到，我就加倍给你工钱；如果做不到，那就休想从我的手里拿走一粒粮食。怎么样？"

"巴彦老爷，您吩咐吧。"霍托说。

"好吧，你若能用这块石头给我做一双靴子，我就照刚才说的办！"巴彦指着门前的一块大石头说。

霍托一声不吭地把石头抱进自己的屋里去。当日半夜，巴彦正睡得香，突然被一阵阵从窗户撒进来的沙土打醒。他不知是怎么回事，眼睁不开，嘴张不开，用被子蒙着头，走出门大声吼道："住手！是哪个狗崽，半夜三更往我家屋里撒土呀？"

"是我，老爷，我是在熟石皮呀！"霍托一边用熟皮勾棍顺风往窗口撒土，一边回答说。

"你！你又想捣鬼！我问你，谁家的石头能熟石皮？"

"老爷，不熟石皮，您的石头靴子怎么做？"

巴彦无话可说，只好如数照付霍托一年的工钱。

打　虎

牛录里有一位书生，父母在世时家底不薄。牛录章京看上了这份“财”，就答应把女儿许给书生。后来书生父母双亡，只留下他一个人，不会种田，不会做买卖，几年就把家底吃空了。于是，章京就变了卦，想另择高门富户，再也不理书生了。

可是，书生还抱着一线希望，便去章京家中探探口气。章京不高兴地说道：

“你来干什么？往后，你别再来啦。我是堂堂的牛录章京，说话是算数的，你不懂吗！”

书生说：“老爷，这是早已定好的亲，岂能……”

“你，你还不死心！”章京说，“好吧，既然你不死心，牛录北树林里有一只大虎，经常出没害人伤畜，你要是在一个月内射死它，我便把女儿许配给你。要是办不到，那就……”

书生失望地朝家走去。路上碰见了霍托，便将此事一字不漏地告诉了他。

“哈，你真是个书呆子，难怪章京欺负你。你是握笔写大文章的人，怎么被这点儿小事难住了？”

“没法呀，霍托兄弟。我一个书生，别说是射虎，就是见到虎也要吓得半死的。”

“好吧，这件事我帮你。明天早晨，你带一把利斧，一支利箭来见我。”霍托说完就走了。

第二天，两人来到树林里，在老虎经常出没的草径边选了一棵大树，将一个利钩挂在树杈上，钩上穿几块羊肉，就爬上大树躲起来。可是，七天过去了，连老虎的影子都不见。第八天临近黄昏时，两个人正要下树，忽听远处的树草窸窸窣窣作响，两个人不由得一阵紧张。不一会儿，一只斑斓大虎从草丛中走出来，一步一步地走到大树跟前，停在钩下。书生紧闭双眼，吓得差点儿掉下树。这时，大虎张开口“霍”地往上一蹿，被利钩钩住悬吊在树上。说时迟，那时快，霍托猴儿似的滑下树，用尽全力将利箭一下戳进虎的后穴，大声喊道：

“喂！相公，快把绳子砍断！”

“我怕呀，霍托兄弟！”书生还是闭着双眼。

“虎已经没气了，你还怕什么呀？”

“霍托兄弟，你不知道，书上说死虎也能吃人哪！”

“咳，相公！你想要媳妇，就快用斧头把绳子砍断！”

书生这才砍断绳子，老虎掉在了地上。书生也被吓得掉下来，落在虎身上……

第二天早晨，全牛录的男女老少抬着虎，簇拥着书生拥进章京的大院，章京只好将女儿嫁给了书生。

以上九则吴文龄搜集整理

阿凡提的故事

（乌孜别克族）

乌孜别克族的阿凡提的故事，与维吾尔等民族的阿凡提的故事同源异流，互相影响，汇成一个庞大的机智人物故事群。

国王的同胞

有一个雨天，阿凡提赶驴走路。路上积了很多雨水，驴驮的很重，走过后全成了泥浆。驴子走路乏了，就掉到泥里。阿凡提来回地吆驴、拉驴尾巴，但总是拉不起来。阿凡提对驴说："阁下，走呀，不然我老婆给我舀下的肉汤会凉下的。快起来走！"驴子还是不起来，阿凡提就提起一条棍子一边打它，一边说："懒东西，起来走，不然我要把你的腰打断。"

在这时候，国王走过来了，一见阿凡提打驴子，就生气地说："你为什么这样折磨可怜的驴子呢？难道你不知道为人要仁慈吗？与其这样打它，你不会把驮子卸下放在自己肩上吗？"说完就把阿凡提按到地上，打了十棍子。打完后，阿凡提从地上爬起来，对驴子鞠了一个躬说："啊！驴子阁下，我不知道你是国王的同胞兄弟。"

哈兰喀孜的袷袢

有一天夜里，阿凡提回家来，看见有个人一动不动地躺在街当中。阿凡提把灯笼提到跟前一看，原来是城里的哈兰喀孜。他喝得酩酊大醉，躺在泥巴里。阿凡提生气地说："别人喝一碗酒，你要打四十皮鞭，你不仅喝了一碗，而且喝了一罐子，不然是不会像狗一样躺在这里挺尸的。"

阿凡提把他一脚踢了个翻转，脱下他的袷袢和散蓝，径自回去了。

天快亮时喀孜才醒，从地上吃力地爬起来，颠颠簸簸到了家里。这时他才发觉自己贵重的袷袢和精致的散蓝不见了。

他对冒犯堂堂喀孜的尊严、脱去他衣服的小偷异常愤恨，下令缉捕罪犯，处以绞刑，并对卫士们说："你们沿街沿巷地去找拿了我的袷袢和散蓝的人，捉到后立即送来。"

卫士们躬头哈腰地行了一个大礼，赶快向街上跑去。他们像狗一样在街上这儿嗅嗅，那儿碰碰，几乎把鼻子要塞到每个洞里，最后把身穿喀孜袷袢、头缠散蓝的阿凡提捉住了。阿凡提被五花大绑带到喀孜面前。

喀孜问："你说老实话，在什么地方偷了我的袷袢和散蓝？"

阿凡提低着头说："阁下，夜里我在街道上碰见了狗一样的一个人，在泥巴里打滚，喝得酩酊大醉。我就拿了他的袷袢和散蓝。那人如果是阁下，那我就立即将原物奉还。"

喀孜一听，吓得浑身打战。如果全城的人知道他喝了酒，那就再无脸见人了。于是他就奸笑着说："尊贵的阿凡提，宗教的先辈们是滴酒不饮的，醉倒在街上的不是我，袷袢和散蓝也不是我的，你拿了回去吧。"

从天上掉下来的礼物

阿凡提很穷，儿女众多，真是食不饱肚，衣不蔽体。有一天晚上他手指天空说："哎，胡大！你从你用之不竭的宝库中给穷苦人一千个银圆，也不会减少你的财富呀。如果你眼小心狭，少给一文的话，我还不接受呢。”

阿凡提的邻居是一个巴依，阿凡提的话恰巧被他听见了。他想捉弄阿凡提，就往皮钱袋子里装了九百九十九个银圆，隔墙抛过去，然后爬到房顶上看阿凡提的举动。

阿凡提听到一个重东西落下来，接着“哗啦”一响。他跑过去，从地上捡起一个钱袋子来，一数，少一元就是一千。他以为掉了一个，满院寻找，结果没有找到。这时，阿凡提就大声说：“胡大，你原来想给我一千，但你的事务繁多，没工夫一个一个地数，所以在钱袋子里只装了九百九十九元。我没有理由生你的气，只好如数接受你的礼物。”说着，就满心欢喜地往屋子里跑，把天上掉下来的礼物锁到箱子中了。

巴依站在房顶上听阿凡提说话，后来看见阿凡提把钱拿进屋去，差点儿气昏。过了一会儿，他赶紧跑下来敲阿凡提的门。正准备睡觉的阿凡提就去开门。

“请进，请进!”阿凡提说，“请到屋里坐。虽然天晚了，但我仍然会招待你。”

巴依气势汹汹地说：“谁要你招待，你把钱袋子拿出来!”

阿凡提气愤地说：“巴依先生，胡大见我可怜，给了我一袋子钱。你想捞一把吗?”

巴依忍气吞声，差不多要哭了，说，“你刚才说：哎，胡大！从你用之不竭的宝库中抛出一千个银圆吧，少抛一个我都不要。我想试一下你的心，所以在钱袋子里装了九百九十九元，抛到你的院子里，不过是开个玩笑而已，你怎当起真来了。快把我的钱交出来。”

阿凡提说：“巴依先生，请你别开这个玩笑。这是我哭哭啼啼地向胡大要的，是胡大大发慈悲之心给我的，你想夺去吗?”

“傻瓜，胡大不会大发慈悲之心，给穷汉从天上抛一千块钱的。”

“有求必有应，你不相信，就滚蛋。”

阿凡提“嘭”的一声关上门，进屋里去了。

巴依气得吹胡子瞪眼睛，向自己的头上打了一巴掌说：“我倒霉了。”

第二天，巴依又跑到阿凡提的家中，拉阿凡提到喀孜那儿去评理。

阿凡提说："喀孜的办事处太远，我走不动。"

巴依无可奈何从马棚中拉来了一匹备着好鞍子的大马。阿凡提见了又说："我穿得这样褴褛，怎能骑这样的马？我不去。"说着转脸回家，巴依又将自己的锦缎外套脱给阿凡提穿上。

喀孜看见阿凡提身穿锦缎外套，骑着大马，以为是哪里来的王公，就请他坐到上席，没有理睬步行来的巴依。

巴依向喀孜呈了禀帖，请求追回银圆。

喀孜向阿凡提说："先生，你以为他说的如何？"

阿凡提袖着手说："圣明的喀孜，他这是无理取闹。我向胡大祷告，胡大大发慈悲，给了我九百九十九个白洋。"

喀孜说："你没听见原告的话吗？"

阿凡提说："喀孜先生，我的这个邻居是一个有名的无赖，这样的坏蛋在世界上是少有的。他是想诬赖好人，从中获利。你不信再听听，他还要说我骑的马、穿的外套也是他的呢。"

巴依一听就气得发狂，连声说："喀孜先生，我敢发誓，那马和外套都是我的。"

阿凡提袖着手说："你听见了吧，我肯定他是要这样说的。现在他说不定还要说你身上的衣服也是他的呢。嗯！这个无耻的恶棍。"

喀孜信以为真，就把巴依赶出去了。阿凡提客气了一番，说了许多领情的话，刚要动身，被喀孜叫住说："你到跟前来。"阿凡提走到他的跟前，喀孜就对阿凡提低声说："你发的这横财，多少还有点儿问题。"

"什么问题？"阿凡提奇怪地问。

喀孜说："这样重的钱袋子，从天上掉下来是件奇事。你把袋子和里边装的钱一块拿来，我看了以后才能相信。"

"是，先生。"阿凡提转身就回家了。路上他想：要是把袋子连钱送去，那么钱不是白丢了吗？于是，他从地上捡了九百九十九个羊粪蛋，装到巴依抛给他的皮袋子里，转身送到喀孜面前。喀孜双手打战地就去解绳子。阿凡提说："先生请慢点儿。"但喀孜已把绳子解开，迫不及待地把羊粪蛋倒在毯子上，随后气愤地叫了起来："啊呀，这是什么？这像什么话？你把我当作傻子吗？"

阿凡提说："坏了，坏了，你把事做糟了。我不是说你慢点儿解绳子吗，你偏不听！"

"那你要说什么？"

"我说解绳子之前，先要念经祷告，胡大赏赐的礼物怎么能怠慢呢？你瞧，白银都变成粪蛋了。嗨，倒霉死啦！"

阿凡提叹了一口气，从喀孜的办事处出来，喀孜却面对着一毯子羊粪蛋发呆。

以上三则马俊民翻译

去问问你的钱吧

阿凡提有个亲戚是商人。有年过节，他去给商人拜节，只见商人聚精会神地坐在屋里，仿佛算着什么，并叽叽咕咕地自言自语。他见阿凡提进来了，非常冷淡地向他瞟了一眼，连个招呼也没打，照样干着自己的事。阿凡提感到纳闷，便问道："喂，你的眼睛在看什么东西呀？是在跟谁聊天哩？"

"我看见了钱呀！"商人说，"我的亲戚就是钱，我经常跟它聊天，这已成习惯啦。"

阿凡提一听，二话没说，就从商人家里离开了。

一天，那位商人遭了场大难，来找阿凡提。阿凡提双手捧腹，"吭吭哈哈"咳嗽了几声，说："我很不舒服，你还是问问你的亲戚——钱吧！"说完把商人打发开了。

叫　门

阿凡提在屋里坐着，有人来到他家门前，“咚、咚、咚”地不停地使劲敲了起来。阿凡提连忙起身去开门，边走边说：“来啦，来啦！”可是，那人还是一个劲地猛敲着，并且越敲越凶。阿凡提走到院里，顺手提了把斧子来到门口，从门槛底下塞了出去。

“阿凡提，你给我斧子干吗？”那人惊讶地问道。

“伙计，”阿凡提说，“你既然是来砸我家大门的，那么用拳头砸，会把你的手弄疼的，我索性给你一把斧子，你就用斧子把大门劈开再进来，这多省事！”

请求胡大

阿凡提家很穷，寒冬腊月里，妻子儿女还都穿得很单薄，有时还经常断粮。阿凡提为了不叫家里人挨饿，便到巴扎上寻找谋生的出路。他来到巴扎一看，集市上的穷人个个都穿得破破烂烂的，他们为了暖和身子，有的躲在店铺里，有的钻进饭馆里。这时，阿凡提站在巴扎的十字路口，昂首望着天空，高高举起双手，向胡大请求道：“创造万物的胡大呀！假若你让世界末日来到，一定让它在夏天来到，万万不可让它在冬天来。如果冬天你让世界末日来临的话，人间所有生灵为了暖和身子，都会自动往火狱里跑，这样一来，金碧辉煌的天堂，不就会变成空空落落的废地了吗？”

味儿咋办

阿凡提在剧院观看演出，他旁边坐着的一位挺有风度气派的人，突然“吱咕”放了个屁。阿凡提装作没听见似的，照旧看他的节目。可是那个人却感到很不好意思，他连忙抬起一只脚，用靴后跟在长凳上磨起来，发出了“吱咕——吱咕”的声音。他认为这样一来，旁人就会以为刚才的响声并不是他放的屁，而是板凳发出的声音，这样就把自己放屁的事掩饰过去了。

阿凡提对这种笨拙的做法，感到实在可笑，于是瞥了他一眼，说道：“阁下，声音你倒是模仿得挺像的哩，可这味儿咋办呀?”

那人霎时羞得无地自容。

观赏弯月

阿凡提在外乡游历时，正逢斋月即将开始的日子。一天，当日头刚刚落山时，有个村里的人，全都围在一起，伸脖翘首地望着西方，高兴地喊道：“瞧，那不是月亮吗！我们看见月亮啦，看见月亮啦!”

阿凡提走过去，挤进人群中抬头一望，从晚霞里影影绰绰地可以看见一弯轮形状镰刀似的新月。

“嘿，这有什么好看的!”阿凡提自言自语地说，“此地人的视野也着实够狭窄啦，好像没有见过月亮似的。我们老家的人，对像车轱辘一样大的、闪闪发光的圆月，谁都没兴趣去观赏；可这儿的人，对像镰刀一般大的、朦朦胧胧的弯月，却看得这么珍贵!”

偷去了也打不开

阿凡提跟几个人从外地往家走，当来到一个繁华热闹的巴扎上歇脚时，他搁下的褡裢被小偷偷走了。同伴们都骂小偷真可恶，气得他们个个摩拳擦掌，要把小偷抓回来。可是，阿凡提却并不着急，他把茶沏得酽酽的，不慌不忙地坐在茶馆里喝起来。

一位伙伴见此情景很生气，冲着阿凡提说：“阿凡提，你还这样呆愣愣地坐着干什么？你的褡裢里装满了货，还不快去追捕小偷，把褡裢找回来!”

阿凡提仍然一动也不动地坐着，若无其事地回答说：“嗨，伙计，褡裢两头的口儿我锁住了，钥匙在我的衣服兜儿里装着呐，小偷偷去了也打不开!”

幸亏掉下来的是核桃

阿凡提独自坐在西瓜地头的一棵核桃树下，仰起脖子望着树上结满的核桃，自言自语地说道：“胡大在创造万物时，往往颠三倒四，乱来一通。瞧，核桃树的树干这样粗，枝枝杈杈也这样茂密，胡大却让它的上面结的是小小的果实；而西瓜的藤蔓只有一膀子长，不留神就会把它一脚踩断，但胡大却让它的上面结出那么大的一个个西瓜……”

话还没有说完，树上掉下来一个核桃，正好“咯”地打在阿凡提的头上。

“啊呀呀，我的胡大！我真敬佩你的威力!”阿凡提深有感慨地说，“幸亏掉下来的是核桃。如果核桃树上掉下来的是西瓜，这会儿兴许我早已过世了，我那七个孩子也就成了无依无靠的孤儿啦!”

由于你老啦

阿凡提行医时，一位年迈的巴依，拐搭拐搭地来看病。他说：“我一站起来，就坐不下去；一坐下来，就又站不起来。”

“由于你老啦。”阿凡提说。

“我四肢老是抽筋，浑身肌肉也抽搐酸痛。”

“这是由于你老啦。”

“无论吃什么食物，都消化不了。”

“这也是由于你老了的原因。”

“耳朵有些聋，还眼花，看不清东西。”

“这些都是由于你苍老了的缘故呀!”

老巴依火了，嘟囔起来：“阿凡提，你算什么医生!？难道你再无别的话可说吗!”

“你动这么大的肝火，也是由于你老了呀!”阿凡提心平气和地回答。

嘴硬的老牛

有这么一位人士，他虽然颇有地位和声望，可偏偏贪吃嘴馋。每当参加别人的婚礼或宴会时，他总是连面子也不顾，不停地把手一会儿伸到这个碗里，一会儿伸到那个盘子里，挑最肥、最嫩的肉吃，把个好端端的宴席搅得乱七八糟。他对自己的这种行为，毫不感到害臊，一边津津有味地嚼着吃着，一边说：“嘿嘿，嘴软的牛犊，总是要找几个妈妈的奶吃嘛!”

旁人对他很恼火，但由于他有地位和声望，谁也不愿意得罪他。

一天，在一次宴会上，那位人士把手伸进阿凡提的碗里想抓鲜嫩的羊肉块吃，并龇牙咧嘴地说：“嘴软的牛犊……”

话还没说完，阿凡提“啪”的一把抓住他的手，说道：“阁下，你原来虽然是一头嘴软的牛犊，可是由于你经常拣最肥、最嫩的肉吃，现在你已经变成一头嘴硬的老牛啦!”

具体的答复

阿凡提正忙着要去干一件事情，一个人拦住他，问道：“阿凡提，死人是怎么个样子?”

“死人没有生命。”阿凡提回答说。

“还会是咋个样?”

“脸上没有血色。”

“他没有生命，脸上又无血色，那算什么呀?”

“是一具尸体。”

“那么，尸体又是什么?”

“哎，这会儿我很忙。”阿凡提说，“眼下我身边没有尸体，一时说不清楚。朋友，如果你现在问我活人是什么样？我定会对你做出具体的答复：活人正好跟你一模一样！”

最爱哪一个

一天吃过晚饭，阿凡提跟他的两个老婆坐着闲聊，小老婆娇声娇气地问道：“娃他爹，你喜欢我姐姐[1]，还是喜欢我呢？”

由于两个老婆同时坐在阿凡提面前，他只好回答说：“我对你们两个，都一样喜欢。”

小老婆心里不高兴，又问道：“话是这么说的，可我们究竟不一样呀。你最爱哪一个？”

阿凡提回答说：“每朵鲜花都有属于自己的芳香味儿，你俩就好比是两朵鲜花。”

小老婆因为没有达到问话的目的，心里还是不痛快。她就变了个方式，问道：“娃他爹，假若咱们夫妻三人同坐在一条船上往河对岸摆渡，如果船被浪头掀翻，咱们三个都同时落进水里，那时节，你先救我姐姐呢，还是先救我呢？”

阿凡提沉默片刻后，笑嘻嘻地望着大老婆，说：“娃她娘，你是会游泳的哪，是吗？”

遵命照办

阿凡提年轻的时候，只要是父亲吩咐他干的事，他都颠倒过来干，并且养成了习惯，怎么也改不过来。父亲没有办法，让他干事时只好颠倒过来吩咐。譬如，要他“起来”时，便吩咐他“坐下”；要他“吃饭”时，便说“别吃”。时间长了，连庄子上的巴依也知道阿凡提有这么个怪脾气。

---

① 姐姐：对阿凡提大老婆的称呼。

一天，庄上的巴依请阿凡提帮他把驮着一口袋小麦的毛驴赶到磨坊去。途中经过一条河时，毛驴在河边趔趔趄趄，怎么也不往前走了。口袋斜到一边，快要从毛驴身上掉下去了。

巴依急了，照阿凡提父亲吩咐儿子的方式，站在河岸上喊叫道："阿凡提，赶紧把口袋从轻的一头往上抬一抬，从轻的一头……"

阿凡提站在河中间，大声说道："巴依老爷，我一定遵命！"

说着，阿凡提将口袋从轻的一头往上抬了一下，并顺手拉开了扎口袋的绳子。只听"扑通"一声，巴依的一口袋小麦就统统撒到河里了。

打　架

阿凡提小的时候，有回因跟邻居孩子打架，衣服被撕破了。

"你又打架了吗？"母亲生气地问道，"瞧，衣服撕成了什么样子！脱下来，我给你缝缝。"

"妈，你别生气。"阿凡提说，"你给我缝缝衣服，这倒不难，邻居的孩子，他妈还要给他缝脸皮哩！"

考阿凡提

乡亲们为了考考阿凡提，向他问道："阿凡提，你讲一讲：要是乌鸦掉进了井里，从井里要打出多少桶水后，井水才能喝？"

阿凡提想也没想，脱口答道："乌鸦是十分狡猾的东西，它根本不会掉进井里的。"

解　梦

有人做了个梦，去问阿凡提："阿凡提，夜里我做了个梦，梦见一只老鼠在咬我的鞋尖。这预示着将出现什么奇迹呀？"

“这梦很平常。”阿凡提说，“如果你梦见你的鞋子在啃老鼠的鼻子，才会出现奇迹哩。”

以上十五则阿不都许库尔·牙里库整理　赵世杰翻译

阿尔达尔·考沙的故事

（乌孜别克族）

阿尔达尔·考沙，又译作阿勒达尔·阔赛、阿尔达尔·科塞等，是一位著名的劳动者型机智人物。其故事内容丰富多彩，不但在中国新疆的乌孜别克族、哈萨克族、维吾尔族、柯尔克孜族聚居区流传，而且在中亚的哈萨克斯坦等地流传，深受民众喜爱。

过去，曾有一个快活地讲笑话的人，他讲的笑话天下第一，他的房门朝所有的人敞开着。人们称他为阿尔达尔·考沙。

一天，阿尔达尔·考沙对人们讲了六个故事。这六个故事就是我们下面要讲的。

第一个故事　塔顶上的地

我年轻时曾务过农。你们说，一个连地都没有的人怎样务农呢？但是，我要对你们说，我有过地，你们若不信的话，以后肯定要后悔的。它的来历，简单说是这样的。

我父亲于回历九百三十七年出生在老乌尔其干①。他生下三天后就搬到了布哈拉，他在布哈拉开始务农。在我出生的前六天，他把清真寺塔顶上一尺来宽的一块地作为遗产留给了我。下面就是他的遗嘱：

我从这块地上得了不少的财富，它使我成了这样一个富有的巴依：我每天吃最好的然而实际上是没有羊肉的羊肉汤和举世闻名的稀玉米粥，吃的油也是用麸皮和绿豆皮榨出的，光臂赤膊地躺在阳光下。

现在，我就要讲大实话和基本上是实话的话。

就像你们所问的那样，我就要说我在我父亲留给我的地上种了什么，以及我发明出来的新的种田方法和它们的特点。可是，我又害怕说出来后，我这个新发明被人窃走，我就什么都没有了。你们想一下，这件事万一在整个世上传播开来，那我在塔顶上还能得到什么呢？

你们可能以为我对谁也不会讲吧？好，那我就长话短说，你们中谁信我的话，我也就信他。谁不信，就由他自己去吧。

现在，我要开始讲了。

我把塔顶上的地从里到外翻了个透后，便开始整地。通过整地，我得到了不少经验。后来，我用我自己发明的崭新和奇异的方法种了地。庄稼熟了，我便收下来后拿到巴扎上卖掉了。没想到我种的东西居然大受人们欢迎，人们都争先恐后地抢着买，不一会儿就卖光了。你们别问它的价有多高，我马上就告诉你们。它的价是这样的“昂贵”：我一年不从塔顶上下来，不吃不喝、昼夜不停地干，所得到的全部东西只能买一只破靴。

你们是不是觉得我不吃不喝干一年很奇怪？你们想一下，人不吃不喝能活吗？好，那么我是怎样活下来的呢？

冬去夏来时，我夺下从塔顶上飞过的大雁的食物，用它们做成饭吃。没想到，做出的饭竟是这样的香，使我感到和你们一样的惊奇。

一般，大雁飞过时，都要“咕嘎、咕嘎、咕嘎”地叫。这时，我就像一个朋友一样说：“亚克、亚克、亚克。”

---

① 乌尔其干：地名。

这对话的意思是这样的：

“咕嘎”的意思是：冬天或夏天来了。“亚克”的意思则是：朋友，夏天来了，朋友也来了。就这样，大雁居然都喜欢起我来了。它们甚至把我当作鸟类最好的朋友，人世间最慈善的人。于是，它们便把自己的食物给我留下一点点儿，我就靠这些生活。

怎么样，我是怎样生活的，你们该明白了吧！

现在，我们再听另一个故事。

第二个故事　宝豆

我卖了靴子以后，便想种一种宝豆。这宝豆便是绿豆。

我种了绿豆。下种时，必须在中午十二点。种完后，我便带着种剩下的豆子回到家，做了饭吃了，这才使我饥肠辘辘的肚子稍饱了一些。随后，我又喝了一点儿酒，感觉很疲劳，便倒头睡了。

可是，我还没睡多大工夫，就被一种奇怪的声音吵醒了。我仔细一听，那声音竟是在叫我。

我一骨碌爬起来。你们别以为我会爬起来就跑走的，我没有跑，而是不紧不慢地来到清真寺的广场上。我一到广场，那声音便听不见了。我一看，原来是我种的绿豆熟了。刚才那声音，就是绿豆唤我的声音。我扭头就往家里跑，拿来镰刀，顺着塔里的旋阶几下就奔上了塔顶。一看，一点儿都不差，正是我种绿豆的那天，时间刚好是中午十一点六十分。我高兴得急忙举起镰刀准备收割，但是这时我才发现，由于太兴奋了，竟用镰刀尖把我的院子、马号、库房、马连同其他东西都挑起来放在了肩头。而我，竟一点儿都没觉出这么重的一大堆东西的分量。

现在，我要开镰了。谁知，绿豆居然自己朝一个地方滚起来了。我高兴极了，连忙把院子和房子腾空，把空地方拿来放下，让绿豆自己朝那儿滚。与此同时，我则骑上我马号里的褐色马出去了。

我出门来到巷子，朝右边一望，才发觉我走过了头，打麦场远远在我后面一里半的地方。我只好又费了半天时间转回来，把石碾套上，开始整场。

整好场子，我便去驮绿豆。我骑着马上到塔顶，驮上绿豆，就直接从塔顶上飞了下来。我一飞下来，我的街坊四邻便时哭时笑地把我围起来和我拥抱。这是因为，我们虽是街坊邻居，可一年里我们竟难得见面，更不用说有时间串串门了。

我把打出来的绿豆拿到巴扎上去卖之前，先拿到汗王那儿去了，并无条件地向汗王把我怎样种的绿豆、怎样整的场等等讲了一遍。汗王听后，大为惊异，当即传旨把这神奇的豆子熬成粥。

没料到，竟因此出现了一件极有趣的事。在人们刚用碗从袋子中舀绿豆时，绿豆突然间自动地变成了粥。看到这情景，我也像你们现在一样，不禁惊呆了。

第三个故事　在失去的财富中

由于日子过得很艰难，我只好到很远的地方去找活儿干。一天，我回家了。我刚要转身走进我住的那条巷子，忽然听到了一阵吵嚷声：你还有什么可说的?！佐合拉再依甫的男人阿尔达尔·考沙到麦加朝了觐，成了大哈吉[①]回来了。他知道了所有的魔法和符咒，说什么就有什么。

我的心一下子就沉了下来。出了什么事？这是谁散布的谣言？我觉得事情有些不妙，便脱下鞋拿在手里朝家里跑去。但是，我白跑了。原来，在我家的门前也聚集着许多人。人们一见我来了，便把我围起来，向我哭诉他们的近百种苦楚。我和他们一一交谈，并回答了他们提出的各种问题。后来，人们便拥着我来到了聚会聊天的闲话堂。我本不愿意去，可是没办法。

第二天，人们又把我送到了单盖勒汗王跟前。汗王一见我，先给我鞠了一躬，接着我们便开始寒暄了起来。在寒暄中，他告诉我公主的一个很名贵的戒指丢了，希望我能帮他找回来。我不露声色地向汗王要了七天的期限，

---

① 哈吉：伊斯兰教对去过麦加的朝觐者的称呼。

汗王也答应了。谁知，第二天听到过我的名声的偷戒指的贼害怕了，便把戒指送来了。原来这个贼就是汗王宫中一个有地位的人。

我问明了情况，便叫他把戒指带回王宫，让王宫中的一只白鹅吞下去，我自有救他的办法。

次日，我满脸带笑地来到单盖勒汗王跟前，告诉他戒指是白鹅吃了，汗王当即传旨："把白鹅宰了。"

鹅宰了，从鹅肚子里取出了戒指。

日子一晃，又一个星期过去了。一天，天黑以后，又有人来敲我的家门。我开门一看，原来是两个提着灯的人。

"有什么事?"我问。

于是，这两个人就把单盖勒汗王的宝库怎样被盗的前后经过告诉了我。我便叫他们先给我拿来七只羊、七十个汗王吃的馕和七百个鸡蛋。他们去了不一会儿，就如数拿来了。于是，我便对他们说道："你们回去告诉汗王，被盗的东西七天后就能找到。"

听说被盗的东西能找回来，那两个人便高高兴兴地走了。而我则和我的朋友一起，每天宰一只羊，煮一百个鸡蛋，吃十个汗王吃的馕。

好，就这样过了五天。接着第六天也过去了，第七天来临了。我这才着急了，可是一点儿办法都没有。只好让老婆把吃剩下的东西全都拿来，打算再好好吃一顿再说。我老婆把最后一只羊，最后十个汗王吃的馕，最后一百个鸡蛋拿来了。她拿那只羊可费了劲。因为她是把那只肥羊装在酒盅里的，所以好不容易才拿出来。我看着她，又把七天前对她说过的话重复了一遍："吃了这些东西，就凑够了七个数了。明天汗王就该砍我的头了。"

我的话音刚落，院门"哗"地一下开了。随之，进来了七个人，见了我就鞠躬。

"有什么事?"我问。

"我们相信你一定能找到。"他们说，"从第一天起我们就来偷偷观察你的动静，没想到你一下子就说出了我们是几个人。一点儿都不错，偷汗王宝库的贼就是我们。一切都由你，只求你饶了我们的命。"

“你们把金子藏到哪儿去了？”我恐吓道。

“从一个叫作乃吾弹的门出去，靠左边有一条渠。我们把金子埋在了渠右边的一个地方。”他们说。

“好，走吧，没你们的事了。可是，要记住，再不要二次去偷了。”我说。

贼高兴地走了。我便来到汗王跟前，叫王宫里的全部人都跟着我，穿过乃吾弹门，来到渠的右边指着说道：“在这儿挖！”

于是，王宫里的人便开始挖开了。后来，连汗王也亲自拿起铁锹挖了起来。不一会儿，被盗藏的金子便出现了。

从此，我的名声便传开了，最后传到了国外。撒马尔罕的汗王闻知后，便把我邀请到他的国家去。

撒马尔罕的汗王准备当众试我一试。他从宫门里不知抓了个什么东西握在手里，问我道：“这是什么？”

我茫然不知该如何回答，又不能说我不知道。因为进墓地也比在那种场合下说不知道要好受。于是，我就对着我的伙伴的耳朵，悄悄说道：“第一次逃脱了，第二次也逃脱了。看来，这第三次恐怕要像蝗虫一样被人抓住了。”

谁知，我的耳语，被撒马尔罕的汗王听到了，他拍着我的肩膀，哈哈大笑了起来。我吓了一大跳，心想糟了，吓得心都差一点儿跳出来。只听汗王笑着说道：“不错。它第一次逃脱了，第二次也逃脱了。可是，这个蝗虫第三次却被我抓住了。”

汗王说完，便松开手把蝗虫放了。此后，汗王又邀我来到一间房前，问我房子里有些什么。

我又无法回答，便回忆起我干过的前几桩事。我边想边自语道：“我该享用的都享用了，没有什么遗憾的了。找到戒指，我吃到了蜂蜜，还觉得没啥。找到金子，我吃了羊油，可已觉出这事不妙了。这一次我大概脸上要抹黑油了。”

这时，汗王开口了。他对我说：“你真是一个神秘的人。”

说着，他开开房门，只见里边放着三个坛子：一个盛着蜂蜜，一个盛着羊油，一个盛着黑油。

就这样，我侥幸从汗王的险恶的用心中摆脱了出来，并拿到了他的传家宝。

第四个故事　受了骗的大阿訇

我从汗王的手中逃脱性命以后，就想找一个安宁些的地方清静一下。于是，我便搬回了老乌尔干其。

一天，吃早饭时，苏皮[1]来敲我的门。

“有什么事?”我问。

“请你和我一起到‘长耳朵伯伯’——麻扎[2]那儿去。是我们的大阿訇邀请你的。”

我和他约定整三点去。之后，苏皮便走了，我便在塔顶上喝起了小米酒。我喝着喝着，突然看到我的马从塔顶的一个洞里伸出头，望着我直舔嘴。

“什么事?”我问。

“我们应该成为伙伴才是。”马说。

这话使我非常中听。于是，我便和我的马坐在一起喝起了小米酒。结果，我们都喝醉了。

等我醒来一看，糟糕，时间差三分就三点了。这该怎么办?对人许诺了，又不守信，那多么丢人呀。我当即把我的马弄醒，备上鞍鞯，把事情对它讲明，骑上就走了。谁知，我的马竟飞了起来，驮着我一下子就飞到了“长耳朵伯伯”——麻扎那儿。

“长耳朵伯伯”——麻扎在老乌尔干其和和加艾力城的中间的一片沙漠

---

① 苏皮：伊斯兰教教士。

② 麻扎：墓地。

上。这个地方有一个大高台，台子上插着一个亡魂幡。

大阿訇看到我在约定的时间来了，非常高兴，以致他高兴得连请我坐的地方都找不出来了。

人们从四面八方聚集到了礼拜堂，来朝拜我。大阿訇向人们宣布："圣人黑孜尔从真主的天堂飞下来了，请他接受众生的朝拜吧!"

我这才发觉事情有些不对头。原来这家伙想借着我行骗。于是，我便连忙说道："今天先不要朝拜，真主不会接受的，你们谁朝拜就会成为有罪的人。"

就这样，前来朝拜的人不一会儿就散光了，大阿訇一看捞不上油水，便请求我给朝拜的众人写份祷辞。这次我没拒绝，写好后我就回去了。

这个大阿訇目不识丁，他就把这份祷辞给众人看了。从这天起，再没人到这儿来朝拜了。

一天，我忽然起了想看看我那份祷辞的影响的念头，便又来到了"长耳朵伯伯"——麻扎的礼拜堂。大阿訇见到我，便吹牛说："黑孜尔圣人曾光临过这儿，并把从真主那儿带来的祷辞给了我们，接受我们做他的信徒。"

说着，大阿訇也把那份写着五十个字的祷辞给我看。我一看，正是我写的那份祷辞。于是我便高声读给他听了："大阿訇是骗子、强盗。陵墓里葬的不是圣人的遗体，而是依禅的驴，亡魂幡是驴的尾巴。"

这时，大阿訇才觉察出我是阿尔达尔·考沙，忙叫道："抓住他，抓住他!"

但是，他们并没能抓住我。因为我早已把马准备好了，当即骑上马飞奔而归。

第五个故事　洁净的财物

一天，我正从旅途中往回赶路。快到一座土山包时，天黑了。我便拿出弓箭一箭射了四只兔子炖成肉汤，吃饱以后仰面朝天躺在地上。

我躺下不久就听到一阵马蹄声，继之又听到了人的吆喝声。

于是，我便悄悄地趴在地上，观察动静。不一会儿，七个骑马的人来到土山包前。我定睛一看，原来是七个贼。

我便悄悄伸出枪刺把一个贼拨倒了，贼见了我吓得全身直哆嗦。接着，我开了一枪，剩下的六个贼听到枪声吓得“扑通”一声都栽下了马。我走近一看，六个贼都昏死过去了，他们的东西撒了一地。

我便用我的骆驼驮上这些东西继续往回走。快到家时，我老婆哭着迎接了我。她看到骆驼上的东西以后，惊叫道：“哎哟，这是什么?”

“你怎么哭起来了?”我问，“我这不是平安地回来了吗?”

“哎呀，你不回来倒好，我们的家被火烧啦！火烧的那天晚上，贼把所有的东西都偷走了。”我老婆边说边向我诉苦。

我平静地开始卸东西。这时，我老婆突然又哈哈大笑起来。

“你怎么又笑起来了?”我惊问道。

“这些东西是我们自己的呀!”我老婆说。

我这才明白，原来我从贼那儿得来的东西是我自己的。

第六个故事　魔鬼的故事

人们聚集在我家的门前，对我说：“喂，伙计，把我们从魔鬼的压榨下解救出来吧！他们折磨得我们见不了天日。”

“好，我去惩罚魔鬼。”我应道。

就这样，我带着一罐酸奶子，准备上山去。刚一出屋，忽然看到挂在柱子上的绳子，我说：“噢，把你也带上，捆魔鬼时也用得着你。”

我拿上绳子就走了。走到一个荒野，看到骆驼刺丛里不知为何堆满了鸟蛋。我说：“你们也有用。”

我带上鸟蛋又继续朝山上走。后来，遇到了一只乌龟。

“辛苦了!”我说。

“没有啥。”乌龟说。

“你去哪儿呀?”

“走到哪儿算哪儿。”

“我们结伴一块走吧。”

于是，我把乌龟揣进怀里，继续往山上走去。来到山上，我看到一个东西远远走来。那东西长得又高又大，一走起来地都颤动着。

我马上把酸奶子埋在一个地方，又找了个地方把绳子也埋了起来。当我还想找地方埋乌龟时，已来不及了，那东西已走近了。他见到我便哈哈大笑起来。我也鼓足劲，用比他更大的声音哈哈大笑起来。

“喂，穷要饭的！”他说，“你为什么不害怕，反倒笑了起来？”

“你为什么笑？”我用比他更严厉的语气吓唬他。

“我是魔鬼！因为我见到真主把人派来做我的饭食，我饥饿的肚子将要饱餐一顿，所以才高兴得哈哈大笑！”他扭动着可怕的长满毛的身子，发出雷鸣般的声音。

我镇定地说：“我是艾孜拉依勒[①]，前来索你的命。没想到你自己来了。”

“什么？！”魔鬼惊问道。

“因为我看到你自己来了，再不用我去费事找你了，所以才高兴得哈哈大笑起来了。你知道吗？”我说。

“假话。我不怕你。我能把山翻个个儿。”魔鬼说。

“你先别吹。”我说，“我比你劲儿大，不信，我们比一下！”

“比就比！”魔鬼说。

“我们比一比，看谁能把地的脑汁砸出来。”我说。

“好！”魔鬼说。

说着，魔鬼便挥拳砸起地来。他用尽全力砸着，甚至连大石头都被砸进了地里，可也没砸出地的脑汁。我说：“别自夸了，看我的！”

我说着便奔到埋酸奶子的地方，一拳砸烂罐子，酸奶子飞出来溅了魔鬼一脸。

“看到了吗？”我问。

---

① 艾孜拉依勒：伊斯兰教传说中的索命神。

"看到了。"魔鬼吓得魂儿都没了。

"现在，我们比赛第二项。"我说，"看谁能把石头的油捏出来!"

"好!"魔鬼的气焰比刚才收敛了一些。

魔鬼抓住一块石头，真的捏了起来。他用那力大无比的手像铁凿子凿石一样地使劲捏着，可总不见石头出油。

"怎么样，看我的吧!"我说。

说着，我拿起一块石头一捏，就捏出了油。这是我把鸟蛋和石头放在手中一块捏的缘故。

"还有一个项目，"我说，"我们把地的脐带拉出来。"

魔鬼不知该如何拉，还是用劲砸着地。结果白砸了一阵儿，什么也没砸出来。

"该我了吧!"我说。

我跑到埋绳子的地方，一把拉出绳子，对魔鬼说："这不是，地的脐带就是这样的。"

魔鬼吓得要命，可他还不服输。他说了声："看着!"就从身上捉出一个跳蚤扔在地上。那跳蚤就像癞蛤蟆一样大，蹦到一边去了。

我也不示弱，马上从怀里掏出乌龟，也扔在地上。

这次魔鬼才害怕了，他开始向我求饶。

"走，到我们那里坐会儿吧!"魔鬼说。

于是，我便跟魔鬼到谭给里克①去了。这儿魔鬼很多，我都一一见识了。

"来，我们玩踢山。"最小的一个魔鬼说。

"来吧!"我也说。

魔鬼们开始玩踢山，他们每踢倒一座山，山上的巨石便四处乱飞。

"轮到你了。"魔鬼们说。

我没答话，装着在想什么。

"你在想什么?"魔鬼们问。

---

① 谭给里克：地名。

“我和你们一样无忧无虑。我之所以想有四个原因：我若是把这儿的山朝东面踢的话，山就会飞过去把太阳升起的地方堵住，整个世界就会永远黑暗下来，再也见不到光亮；若是朝西面踢的话，就会把太阳落下去的地方堵住，太阳就只得永远挂在天上，那时夜晚就是白天，白天仍是白天；要是朝南面踢的话，世上的人、动物、山峦和海洋都要腐臭，那时日子就难过了；朝北面踢也不行，因为那样会把风路堵住，世界所有的东西都会被冻死。我想，朝地下踢吧，地上的东西又都会陷进地里；朝天上踢吧，又害怕天塌下来。所以，我在想究竟该朝何处踢？”

“那就别踢了吧。在你的荫庇下让我们平安地活着吧！”吓坏了的魔鬼们连连说道。

“好，那我就发发慈悲，不踢了。”我说。

就这样，我镇住了所有的魔鬼。魔鬼们把我奉为上宾加以款待。不一会儿，我打起盹来。魔鬼们见到后，恭敬地对我说：

“睡吧，阁下，艾孜拉依勒！”

他们给我铺了一个厚厚的地方，我就躺下睡了。我表面装着打呼噜，暗中却竖着耳朵细听魔鬼们的谈话，听见他们商量着要杀死我。

这天夜里很黑，什么都看不见。我乘机慢慢爬起来，把挨近我睡觉的地方的壁龛里的木臼，拿来放在我睡觉的地方，我自己则藏在壁龛里面。

没过一会儿，就响起了一阵棍棒声，木臼被砸碎了。魔鬼们认为我已经被他们打死了，便放心地睡觉去了。

天亮了。我把魔鬼们叫醒。他们看着我，一个个都惊呆了。

“你昨晚睡得怎么样，阁下？”他们向我施礼问道。

“睡得不太好。昨夜下了几滴雨，把我的睡意全弄跑了。”我说。

魔鬼们一听我竟把昨夜的棍棒当成了雨滴，更加惊慌了。他们连忙送给我好些礼物，并送我回家。

来到家门口，我开开门，请魔鬼进去。我边朝屋里走，边朝我老婆喊道：“老婆子，把那天的魔鬼肉切切，端到客人面前来！”

可是，还没等我老婆吭气，魔鬼们就吓得逃之夭夭了。

有一个毛拉专和我作对。他半道碰上了正在奔逃的魔鬼，便叫住他们问道：“辛苦了。你们急急忙忙地往哪儿跑?”

魔鬼把前前后后的经过说了一遍。

“唉，你们把肉汤倒在了碱地上。你们落在阿尔达尔·考沙的手里了，他是骗子。胆小鬼，走，我们去把他宰了。”毛拉说。

我远远看到毛拉领着魔鬼朝我家奔来，便迎了上去，吓唬毛拉道：“喂，你这丑恶的毛拉，骗子毛拉……你欠我的十个魔鬼，怎么办？十个月前，你只交给了我三个魔鬼。”

魔鬼一听，差一点儿把魂都吓掉了。他们气愤地捺倒毛拉，拔下了他的舌头，便不顾一切地逃走了。

从此，魔鬼无影无踪了，我才安定下来，人们也安宁了。而毛拉则“咕噜咕噜”叫着，谁也听不懂他说的是什么。

巴哈尔·热合木搜集　王黎明翻译

木拉的故事

（裕固族）

木拉是一位劳动者型机智人物。他的故事主要流布于甘肃肃南裕固族自治县明花、大河地区一带。

“神　衣”

木拉七岁死了母亲，九岁上又失去了父亲。没有兄弟，也没有姐妹，无依无靠，日子过得非常可怜。邻近的一个大牧主听说了这个消息以后，就把九岁的木拉领去当了长工。

木拉在牧主家整天放羊、放牛，吃不饱肚子，穿不暖衣服，苦难的生活使他越来越坚强。随着年事的增长，木拉也越来越聪明了。

有一天，两条大灰狼窜进他放牧的羊群里，咬死了一只肥羊，木拉就把羊肉悄悄分给了几家穷牧民吃了，他只提着死羊的烂皮子和头蹄去见老牧主。老牧主一见气坏了，连声骂道：“你赔我的绵羊！不然我要你抵命！”木拉非常镇定，装作无可奈何的样子说：“那你把狼打死，我保证不让它们咬死你的一只羊。”老牧主一听也没有办法，只好准备去打狼。

第二天，木拉去放羊，老牧主骑马挂弓地出发了。木拉非常清楚老牧主在打猎方面没有什么本事，干脆趁他走远了之后，很快杀掉了两只肥羊，照样分送给几家过不起日子的穷人。下午木拉见老牧主耷拉着头，扫兴而归，便暗暗发笑，连忙提着两只羊的头蹄，装着非常伤心的样子迎上去说："老爷你看，狼又来咬死了两只羊，这可叫我怎么办呐？"说着便假装哭起来。老牧主也只好唉声叹气地说："先把羊赶回家吧。等明天，我一定要把狼射死！"说完自己先骑马回了家。

谁知一连四天，老牧主连根狼毛都没见着，可羊群里却又少了八只肥羊。到了第五天，老牧主决定亲自跟着木拉的羊群打狼。到了下午也没见着狼的影子，老牧主疑惑地问木拉："喂，你不是说狼天天来吃羊，今儿个怎么没见它来啊？"木拉非常谦恭地说："老爷，你比狼厉害多啦，它们敢来吗？只要老爷天天跟着羊群放牧的话，那羊儿就会安全的。"从此，老牧主不得不跟着羊群放牧。还没放上五天，老牧主就耐不住性子了。这一天，他对木拉说，"这样吧，你如果发现了狼，就来叫我怎么样？"木拉一听装作吃惊的样子说："我去叫你那羊群怎么办？不是被狼吃掉的更多吗！"老牧主一听也觉得非常为难，左思右想也没个好主意。完了他对木拉说："那你背上我的弓吧，狼来了你自己射。""我从来就不会打猎射箭，这一点儿老爷是再清楚不过了。"这一说，越发难住了老牧主，只好说道："今天我先回去，等你晚上回来再做打算。"说完便悻悻而归。木拉等他走远以后，不慌不忙地又杀了整整十只羊，分给了穷乡亲们。他又把羊皮撕成碎片，和十只羊头、四十只羊蹄一起背到牧主面前大哭着说："好老爷呀，你这羊我是说啥也不敢放了，今天你刚一走，藏在山头的五只大狼一下子扑来，有两只看住我，其余的跳进羊群，连咬带吃，一会儿工夫就吃掉了十只绵羊，连我的命都差一点儿搭了进去，这可叫我怎么办呐？"木拉越说越伤心，干脆泣不成声了。牧主在一天失去了十只肥羊，他能不心疼吗？气得他哭也不是，打也不是，一口气堵在喉咙里，差一点儿呛死，躺在炕上气昏了。

木拉知道老牧主是不会轻饶他的，想来想去，干脆来个一不做二不休，多杀掉几十只羊以后就扔下羊群一逃了事，看他老牧主有啥能耐！于是，木拉连夜通知穷乡亲们第二天去山沟里背羊肉。

谁知，狡猾的老牧主想了一夜之后，也谋着了一点儿头绪。决定第二天悄悄跟上木拉，看究竟是怎么回事。木拉出牧以后，没有发现什么，便大着胆子把羊群赶到预定的山沟里。刚要动手杀羊时，猛听得一声吼叫："站住，你这个狼心狗肺的东西，竟敢如此大胆!"老牧主骂着便扑上来和木拉撕打起来。十六岁的木拉终于被老牧主拉回家里，关进了阴湿的小黑房里，老牧主想：在这数九寒天之夜，干脆把木拉冻死算了，免得自己落个杀人的罪名。

第二天天刚亮，老牧主就从门缝里看见木拉不但没有被冻死，相反却热得满头大汗。他觉得非常奇怪，打开门就问："这么冷的夜晚，你怎么会热得发汗呢?"木拉装作非常神秘的样子不肯说。老牧主一下发火了："你不说，我用刀把你的头砍下来!"木拉这才悄悄对老牧主耳语道："我身上穿的是一套祖传的'神衣'呀！穿上它，能挡寒防病，箭不进，刀不入，一生吉祥如意……"老牧主一听，眉飞色舞。顿时收去了怒气，堆了一脸笑容，点头哈腰地向木拉求道："你这套'神衣'干脆卖给我吧，死羊的事儿就算了，怎么样?"木拉一听便犹豫地说："我阿爸在世时对我说过，'神衣'是不能卖的，只有好心的人穿上它才有用啊！……这叫我怎么办呢?"老牧主见有希望，连忙又说："干脆，你放的那群羊我都送给你，作为我买'神衣'的价钱，你看怎么样?"木拉无可奈何地说："看在老爷面上，我也只有这样了。求神仙保佑我吧，把'神衣'赐给尊贵的老爷!"说着木拉装作非常虔诚的神态，向老天连磕了三个响头。突然木拉又为难地说："脱了'神衣'我该穿什么呢?""这好办！来，把我的衣服穿上。"老牧主说着就脱下了自己身上的猞猁皮衣递给木拉。木拉很留恋地把自己那套破烂不堪的"神衣"双手捧给了老牧主。老牧主高兴地穿上破衣，拉起木拉出了门，要让他喝碗奶茶。

刚一出小黑房，太阳就照到他俩身上。木拉故意打了个寒战说："你这衣服也确实够冷的！老爷你感觉怎么样?"太阳暖融融地照在老牧主身上，他感到非常温暖，便连声回答："好！好！要比我的衣服暖和多了。"就这样，木拉喝完茶便赶着羊群走了，老牧主穿着"神衣"，骑上骏马要到草原四处去夸耀一下。谁知他刚走到半路，天气霎时变了，罕见的暴风雪，把穿着“神衣”的老爷活活地冻死在野滩上了。木拉呢？将所得的羊儿全分给了穷乡亲们。当他叙说了用“神衣”使老牧主上当的事儿以后，大伙都捧腹大笑。原来，木拉当夜并不是用什么“神衣”挡寒，而是在小屋里蹦跳了一夜，才热得浑身发汗呢！

巧娶媳妇

木拉在草原上又度过了四年以后，已经二十岁过了。他为穷人干了不少好事，大家都很喜欢他。一天，木拉路过一个部落，发现前面走来一位骑着骏马的姑娘。当两人相遇之后，谁也没说什么。木拉见这位姑娘非常漂亮，就暗下决心要把她娶来当媳妇。姑娘见木拉长得浓眉大眼，面容英俊，也是一见钟情，依依不舍地从木拉身旁走过。她走了好远，还一直扭过头来望着木拉，木拉已经猜出了姑娘的心事，便想法子要把她娶来。于是，他立刻掉过头追上姑娘，一同走进姑娘家向她父亲求婚。谁知这姑娘家是个富豪人家。父亲一见木拉像个叫花子似的前来要饭，还想娶他的女儿，不觉哈哈大笑地说：“你有金银财宝吗？你有驼马牛羊吗？你有千里草原吗？快走你的路吧！少惹老爷生气。”木拉灵机一动说：“没见过草原的人才会说你的草原大，没见过牛羊的人才会夸你的驼马牛羊多，没见过金银财宝的人才会对你眼红。你如果能到我的家乡去看上一趟，你才会知道世上竟会有那么大的海子草原，那么多的驼马牛羊，那么闪光的金银珠宝。我来求婚是因为看得起你。我穿得破烂是怕别人认出我高贵的身份。假如我真的是乞丐，能到你家里来吗？假若你女儿看不上我的话，我敢冒昧地前来向你求婚吗？不信请问你女儿自己吧！”说完他就装作出门要走的样子。女儿一听急了，连忙从里屋跑出来拉住木拉对父亲说：“阿爸，我是非常喜欢他的，你就答应他的请求吧！”老父亲也被木拉的一番言辞弄得六神无主，又被自己女儿这突然的举动弄得震惊不已。无可奈何地说道：“那我也得亲自去看上一趟再说！”木拉一听便暗暗高兴地先离开了姑娘家，临行时，给姑娘父亲指了自己的去向。姑娘的父亲立即备马，打算亲自去看望一趟。

木拉走了两天以后，来到他过去干过活的另一个大牧主家的草原上。一望无际的草原绿油油地撒满了千千万万只驼马牛羊，这儿的乡亲们非常熟悉和喜欢木拉。木拉向大伙儿说明来意之后，大家都愿意帮助他。有的为他牵来骏马，有的为他送来崭新的衣服，大家一口说定：不论谁问，都说这草滩和牛羊是木拉的。乡亲们中间的事儿都办停当之后，木拉便飞马来到大牧主家里。他在半路上就听乡亲们说老牧主去打猎了，家里只有小牧主。于是他装作非常惊慌的神态连跌带爬地跑进牧主家门，对小牧主结结巴巴地说："不……不好了……少爷！老爷打猎被……被摔下马……负了重……重伤！要你赶……赶快去……去呢！"少爷一听觉得声音挺熟，仔细一看，原来是木拉，便说道："你是不是又想来骗我上当？""不不不！我还要赶路呢！我是在路上发现的，你快去吧，我也要走了！"说完便抽身想走，却被少爷拉住了："你快说，我阿爸在哪里？""在离这儿四十多里地的南山松林里。"木拉诚恳地回答。少爷这才急了，信以为真。连忙领了许多家奴骑马跑去了。临走时对木拉说："木拉大哥，麻烦你跑一趟去请个医生吧！"木拉立刻点头答应。

姑娘的父亲走了两天以后，终于来到了这块辽阔富饶的草原上。他一见眼前百花盛开望不到边的海子草原，就暗暗称赞这块肥美的牧场。再一看，满滩的驼马牛羊，确实难以数清，便独自赞不绝口。他来到一个牧人面前问道："你们放牧的是谁家的牲畜和草场？"牧人答道："是我们年轻老爷的。""噢，可真多呀！"老头儿又称赞起来。"哼！还多呢！听说我家老爷前天去向一家人求婚，那家老头儿真倔，还看不起我们老爷呢。要是我呀，宁愿把十个姑娘都嫁给他的！"老头儿一听，自觉得后悔，就问老爷家住那儿？牧人指着一座豪华的庄园说："你把眼睛睁大一点儿，那不是吗！"老头儿定神一看，果然看见一大片整齐豪华的房舍。他便高兴地策马奔驰过去。

木拉一见姑娘的父亲来了，便把其他仆人都打发出去，独自招待他。老头儿一见木拉已经换上了崭新的衣服，又见这屋内的陈设和数不清的金银器皿，连忙点头哈腰地说："老爷，请您千万别见怪，我是见识少，目光短浅，一时为难了您。今天我连夜回去，赶明日一定把姑娘送来，你看如何？"木拉一听笑着说："你先不要着急，等我准备好了以后，我亲自迎接新娘好了。""您如此看得起我，真是我的造化呀！您的恩德我永世不忘！"说完便跪在地上向木拉磕了几个响头。木拉忍住笑，扶起老头儿让他继续吃喝。然后来到后院找见管家说："把金库给我打开，我要取点金银去请医生！"管家哪敢不从，连忙打开牧主的金银珠宝藏库等候木拉前来取出金银。木拉陪着老头儿一起来到金库里，满库的金银珠宝放射着奇光异彩，看得老头儿眼花缭乱。临出门时，木拉随手拿了几锭金元宝便让管家锁上了金库。老头儿早就被木拉的草原、牛羊和家财弄得神魂颠倒了。临走时又接受了木拉的几锭金元宝，感激地流出了眼泪，心里甜蜜蜜地回去了。

木拉等老头儿走了以后，立即来到乡亲们中间，请了很多好友，准备第二天就去迎亲。乡亲们连夜准备了各种礼物，还为他缝了一顶小帐篷，准备了很多生活用品，气势浩大地前去迎亲。

姑娘父亲一见老爷亲自前来迎亲，非常激动。早就宰牛杀羊地等候着，待客人们一到便立即举行了送亲仪式。只因为木拉不愿久留，又谢绝让娘家送亲，便和乡亲们驮上新娘走了。

两年之后，木拉和心爱的妻子抱着孩子前来看望岳父，老头儿早已被气病了。当老头儿知道了自己的女婿是有名的木拉以后，无可奈何地说："金钱对于智慧是无用的。你们去好好生活吧！"

以上两则才让丹珍搜集整理